L'AFFAIRE
JULIUS FOGG

DANS LA MÊME COLLECTION :

- N° 1 — HIGGINS MÈNE L'ENQUÊTE
- N° 2 — MEURTRE AU BRITISH MUSEUM
- N° 3 — LE SECRET DES MAC GORDON
- N° 4 — CRIME À LINDENBOURNE
- N° 5 — L'ASSASSIN DE LA TOUR DE LONDRES
- N° 6 — LES TROIS CRIMES DE NOËL
- N° 7 — MEURTRE À CAMBRIDGE
- N° 8 — MEURTRE CHEZ LES DRUIDES
- N° 9 — MEURTRE À QUATRE MAINS
- N° 10 — LE MYSTÈRE DE KENSINGTON
- N° 11 — QUI A TUÉ SIR CHARLES ?
- N° 12 — MEURTRES AU TOUQUET
- N° 13 — LE RETOUR DE JACK L'ÉVENTREUR
- N° 14 — MEURTRE CHEZ UN ÉDITEUR
- N° 15 — MEURTRE DANS LE VIEUX NICE
- N° 16 — QUATRE FEMMES POUR UN MEURTRE
- N° 17 — LE SECRET DE LA CHAMBRE NOIRE
- N° 18 — MEURTRE SUR INVITATION
- N° 19 — NOCES MORTELLES À AIX-EN-PROVENCE
- N° 20 — LES DISPARUS DU LOCH NESS
- N° 21 — L'ASSASSINAT DU ROI ARTHUR
- N° 22 — L'HORLOGER DE BUCKINGHAM
- N° 23 — QUI A TUÉ L'ASTROLOGUE
- N° 24 — LA JEUNE FILLE ET LA MORT
- N° 25 — LA MALÉDICTION DU TEMPLIER
- N° 26 — CRIME PRINTANIER
- N° 27 — TIMBRE MORTEL
- N° 28 — CRIME AU FESTIVAL DE CANNES
- N° 29 — BALLE MORTELLE À WIMBLEDON
- N° 30 — HIGGINS CONTRE SCOTLAND YARD
- N° 31 — MEURTRE DANS LA CITY
- N° 32 — UN PARFAIT TÉMOIN
- N° 33 — MEURTRE SUR CANAPÉ
- N° 34 — LE CRIME D'IVANHOÉ
- N° 35 — L'ASSASSIN DU GOLF

Bon de commande par correspondance
en fin de volume

J.B. LIVINGSTONE

L'AFFAIRE
JULIUS FOGG

EDITIONS GERARD DE VILLIERS

La loi du 11 mars 1957 n'autorisant, aux termes des alinéas 2 et 3 de l'article 41, d'une part, que les *copies ou reproductions strictement réservées à l'usage privé du copiste et non destinées à une utilisation collective* et, d'autre part, que les analyses et les courtes citations dans un but d'exemple et d'illustration, *toute représentation ou reproduction intégrale ou partielle, faite sans le consentement de l'auteur ou de ses ayants droit ou ayants cause, est illicite* (alinéa 1er de l'article 40). Cette représentation ou reproduction, par quelque procédé que ce soit, constituerait donc une contrefaçon sanctionnée par les articles 425 et suivants du Code pénal.

© Éditions Alphée, 1997.
© Éditions Gérard de Villiers, 1999
pour la présente édition.
ISBN 2-7386-5925-X

Dieu vous a donné un visage et vous vous en fabriquez un autre.

William Shakespeare, *Hamlet*

CHAPITRE PREMIER

L'agent de police Jameson Rigobert-Farlow s'offrait enfin un luxe dont il avait souvent rêvé : boire une pinte de *stout,* la bière brune fortement alcoolisée dans l'un des pubs les plus chics de Londres. En bordure de Mayfair, « La Salamandre et le Dragon » n'accueillait que des milliardaires désœuvrés, des fils de famille aisée et des aristocrates désireux d'oublier le poids de leurs quartiers de noblesse en se soûlant dignement, avec cette élégance qui n'appartient qu'aux membres de la gentry.

Certes, la pinte était dix fois plus chère que dans un pub populaire, mais la bière n'avait vraiment pas le même goût. Plutôt élégant dans un costume bleu trois pièces d'un classicisme absolu, le bobby oubliait les rigueurs de l'uniforme pour devenir, pendant une soirée, un homme important auquel le patron de l'établissement accordait les mêmes égards qu'à ses autres clients.

Jameson Rigobert-Farlow n'était pas jaloux de ces gens riches, mais il avait envie de partager leur oisiveté, ne fût-ce que quelques minutes. Ensuite, il rentrerait chez lui, oublierait ce monde à la fois si proche et si lointain, et s'endormirait du sommeil du juste. Et demain, il remettrait son uniforme pour se comporter en bon et fidèle serviteur de Scotland Yard, maintenir l'ordre public et veiller sur la sécurité des sujets de Sa Gracieuse Majesté.

Encore une gorgée, et il faudrait sortir de ce pub qui fleurait si bon le tabac de luxe. Jameson Rigobert-Farlow la savoura longuement, puis se dirigea lentement vers la porte.

Cette dernière s'ouvrit à la volée.

S'il n'avait pas eu le réflexe de s'écarter, le policier eût été au moins éborgné.

— Au secours, à l'assassin ! hurla une assez jolie femme brune, les cheveux défaits, uniquement vêtue d'une chemise en soie beige et les pieds nus.

Sous les regards stupéfaits des consommateurs, elle traversa le pub et se heurta au patron, un quinquagénaire de petite taille et plutôt frêle, qui parvint cependant à contenir son élan.

— Allons, allons, ma petite dame ! Qu'est-ce qui se passe ?

— Elle est morte... morte assassinée ! Et moi, on a voulu me tuer !

— Qu'est-ce que vous racontez...

— Morte... Elle est morte !

La femme brune s'évanouit dans les bras du patron.

Embarrassé, il demanda de l'aide. Deux solides gaillards l'étendirent sur une banquette et placèrent un coussin sous sa tête.

— J'appelle un médecin, dit le patron.

— Je connais cette femme, affirma un homme âgé qui contempla la malheureuse à travers son monocle. C'est l'épouse de Fogg, un milliardaire. Ils habitent un hôtel particulier, à quelques pas d'ici.

Jameson Rigobert-Farlow jugea bon d'intervenir :

— Je suis policier, Sir. Pourriez-vous me conduire jusqu'au domicile de cette personne ? Si elle n'a pas perdu la raison et si un événement dramatique s'est effectivement produit, je préviendrai Scotland Yard.

— Suivez-moi.

Septembre était doux et pluvieux.

Les deux hommes hâtèrent le pas, indifférents au spectacle poétique qu'offrait la pleine lune entourée d'une cour de nuages.

— C'est ici, dit l'homme au monocle.

Une volée de marches, un perron encadré de deux colonnes blanches, une porte de chêne peinte en vert et entrouverte.

Conscient du caractère dérisoire de son geste, Jameson Rigobert-Farlow utilisa le heurtoir.

— Il y a quelqu'un ?

— Entrons, proposa son compagnon.

— Ce serait une sorte d'effraction, Sir.

— Pas du tout, puisque la porte est ouverte. Quelqu'un a peut-être besoin de nous.

Convaincu, le policier s'aventura le premier.

Un magnifique hall de pierre blanche, des vases contenant des roses et des glaïeuls disposés avec art, des meubles de style géorgien. L'ensemble respirait la fortune.

— Police, indiqua d'une voix forte Jameson Rigobert-Farlow. Il y a quelqu'un ?

L'homme au monocle se tenait prudemment derrière le policier.

Le hall était faiblement éclairé par des appliques en argent massif, et il y régnait un silence angoissant.

— Il faudrait peut-être explorer les pièces, suggéra l'homme au monocle.

— Ne bougez pas d'ici, je m'en occupe.

Le policier avait éprouvé une sensation désagréable. Avoir ce quidam dans son dos lui déplaisait. Il était élégamment vêtu, mais s'exprimait avec une horripilante voix de fausset.

Les recherches de Jameson Rigobert-Farlow furent de courte durée.

Au pied de l'escalier en fer forgé menant au premier étage gisait le cadavre d'une femme, la nuque défoncée.

CHAPITRE II

Piteux, Trafalgar s'approcha à pattes feutrées de Mary, la gouvernante du domaine de The Slaughterers, la demeure familiale de l'ex-inspecteur-chef Higgins, dans le Gloucestershire.

Septuagénaire, Mary avait bon pied, bon œil. Grommelant, parlant dans son giron, intransigeante sur les horaires des repas, elle menait la maisonnée tambour battant et avait traversé deux guerres mondiales avec l'imperturbable assurance de ceux qui croient en Dieu et en l'Angleterre.

Entre Mary et Trafalgar, le chat siamois de Higgins aux magnifiques yeux bleus, l'entente n'était pas toujours cordiale. Fin gourmet, Trafalgar avait une fâcheuse tendance à dérober une partie des nourritures succulentes que Mary préparait dans sa cuisine privée où, malgré la désapprobation de Higgins qui condamnait le progrès à outrance, elle avait installé le téléphone.

— Qu'est-ce que tu as, toi?

Le chat passa à plusieurs reprises la patte droite sur le bout de son nez.

Aussitôt, Mary comprit l'ampleur du drame : Trafalgar était enrhumé.

Comme la plupart des chats, Trafalgar était un animal solide, mais il redoutait une affreuse maladie : le rhume.

Le rhume, qui affaiblissait l'odorat du chat et l'empêchait d'identifier les odeurs agréables, comme le bois d'olivier et l'ammoniac, ou désagréables, comme la moutarde et l'oignon.

Le rhume, dont la conséquence majeure était de couper l'appétit du chat et, dans le cas de Trafalgar, de ruiner définitivement sa santé.

— Il n'y a qu'une seule solution, mon gaillard ! Et tu vas te laisser faire, foi de Mary !

Désemparé, le siamois ne résista pas. Mary le posa sur la table et fit chauffer de l'eau dans une casserole en cuivre. Avant que l'eau ne parvînt à ébullition, elle y jeta une poignée d'herbes médicinales qui ne laissaient aucune chance aux microbes.

— Nous allons respirer ça ensemble, Trafalgar. Accroche-toi et ne pense plus à rien !

New Dawn grimpait avec une belle ardeur, Dream Time offrait une dernière floraison, d'une remarquable abondance, Queen Elizabeth manifestait une superbe résistance et Nil Bleu se parait de sa sublime couleur, tout en évoquant des paysages d'Orient... Bref, la roseraie de Higgins déployait tous ses charmes.

De taille moyenne, plutôt trapu, les cheveux noirs, la lèvre supérieure ornée d'une moustache poivre et sel, taillée et lissée à la perfection, les tempes grisonnantes, l'œil vif, parfois malicieux, Higgins était toujours considéré comme le meilleur « nez » du Yard, bien qu'il eût pris une retraite anticipée en raison de convenances personnelles. Higgins avait refusé de céder sur certains principes et, loin de l'agitation et de la pollution de Londres, il se consacrait à des tâches essentielles, comme l'entretien de sa pelouse et de sa roseraie, la relecture des bons auteurs, les promenades en forêt et les longues discussions avec Trafalgar au coin du feu.

Où se trouvait Trafalgar, précisément ? Alors que l'heure du déjeuner approchait, il aurait dû venir se frotter contre les jambes de Higgins pour lui rappeler que l'estomac d'un chat n'attend pas et que la régularité des repas est une condition essentielle de son équilibre.

Inquiet, l'ex-inspecteur-chef abandonna ses roses pour explorer les endroits favoris de Trafalgar, le petit salon du rez-de-chaussée peuplé de souvenirs d'Orient, comme un paravent japonais du XVIIIe siècle ou un buffet laqué de Cathay, ou bien le grand salon où, tout au long de l'année, pétillait un feu de bois devant lequel le félin aimait se pelotonner.

Mais Trafalgar était introuvable.

Après avoir hésité, Higgins s'engagea dans la zone dangereuse, en direction de la cuisine de Mary.

À travers la porte vitrée, l'ex-inspecteur-chef assista à un curieux spectacle.

La tête sous un vaste drap blanc, Mary et Trafalgar, unis dans l'épreuve, respiraient les vapeurs médicinales qui montaient d'une casserole en cuivre.

Higgins poussa délicatement la porte et attendit que Mary libérât le siamois.

— Vous voilà enfin ! s'exclama-t-elle. Au lieu de vous occuper à je ne sais quoi, vous feriez mieux de veiller sur la santé de cet animal. Vous n'aviez même pas remarqué qu'il était enrhumé !

Higgins se risqua à la contredire.

— Bien sûr que si, Mary, et je comptais précisément vous consulter pour vous demander conseil.

— Conseil, conseil... Il s'agit bien de ça ! Heureusement que j'avais le remède adéquat.

De fait, Trafalgar semblait avoir recouvré le plein usage de ses narines et se frottait contre le pantalon de Higgins pour lui rappeler que l'heure du déjeuner approchait.

Et le téléphone sonna.

CHAPITRE III

Mary décrocha.
— Oui... Comment?... Ah bon... Oui, il est là. À côté de moi, justement. Je vous le passe.

La gouvernante tendit le combiné à Higgins.
— C'est votre ami, le superintendant Scott Marlow.

Pour Mary, grande lectrice du *Sun,* le journal avide de scandales et d'horreurs en tout genre, Scotland Yard n'était qu'un repaire de gredins plus dangereux que les bandits qu'il prétendait arrêter.

— Oui, ici Higgins... Un ennui?... C'est, hélas! le lot commun de l'humanité... Mais je serais heureux de vous recevoir, bien entendu. Nous parlerons un peu, si vous le désirez.

Higgins éprouvait une réelle estime pour Scott Marlow, un policier honnête et consciencieux qui pratiquait son métier comme un sacerdoce. Bien qu'il fût un adepte de la police scientifique et des méthodes modernes, Marlow n'hésitait pas à consulter Higgins lorsque lui tombait entre les mains une affaire particulièrement délicate.

Grand admirateur de la reine Elisabeth II qu'il considérait comme la plus belle femme du monde,

Marlow espérait faire un jour partie des membres de la garde rapprochée, chargée de la protection de la souveraine. Encore fallait-il mener une carrière impeccable.

— Nous aurons le superintendant à déjeuner, annonça Higgins d'une voix prudente.

— Encore heureux qu'il ait de l'appétit, commenta Mary.

Jambon d'York, harengs grillés, côtes d'agneau aux herbes, haricots verts au romarin, fromage de chèvre et charlotte au chocolat... Scott Marlow était ébloui.

Quand il avait revu la vieille demeure de l'ex-inspecteur-chef, son toit d'ardoise, ses murs de pierre blanche, son porche soutenu par deux colonnes, ses hautes cheminées de pierre qui se dressaient, immuables, vers le ciel gris, le superintendant s'était laissé aller à penser que la retraite avait du bon. Mais il avait aussitôt chassé cette illusion, car il devait résoudre l'affaire qui lui était tombée sur les bras, et la politique de l'autruche ne lui serait d'aucune utilité.

— Mary est vraiment une cuisinière remarquable... Vous avez beaucoup de chance, Higgins.

La gouvernante appréciait Marlow dans la mesure où il faisait preuve d'un excellent appétit. Un homme qui dévorait avec autant d'enthousiasme ne pouvait pas être complètement dépravé.

— Quel est votre problème du moment, superintendant ?

— Ah, Higgins ! Une très sombre histoire... Un meurtre commis dans l'hôtel particulier de Julius Fogg, un milliardaire.

— Ce n'est pas lui, la victime ?

— Non, sa femme de ménage.

— Ce Fogg serait-il suspect ?

— Je n'en sais trop rien. Il a disparu.

— Avez-vous lancé un avis de recherche ?

— Bien entendu, mais sans résultat pour le moment. Et puis il semblerait que l'assassin ait également tenté de supprimer son épouse, qui a été plus ou moins le témoin du meurtre.

— Plus ou moins... Que voulez-vous dire, mon cher Marlow ?

— C'est assez confus... Elle a assisté à une partie de la scène, puis a réussi à s'enfuir.

— Donc, elle a vu l'assassin.

— Non, elle ne sait même pas s'il s'agit d'un homme ou d'une femme. En fait, la malheureuse a été tellement choquée qu'il ne m'a pas été possible, jusqu'à présent, de mener un interrogatoire constructif.

— Je suppose que cette affaire provoque quelques remous en haut lieu.

— C'est le moins qu'on puisse dire, Higgins ! Et si je ne parviens pas à éviter le scandale, toutes les autorités du Yard me feront porter le chapeau, comme disent les Français.

— J'en suis désolé pour vous, superintendant, mais je ne vois pas ce que je pourrais faire pour vous. Il faut retrouver ce milliardaire et savoir s'il est impliqué ou non dans ce meurtre.

— C'est un milieu difficile et plutôt retors... J'avais espéré...

Marlow savait qu'arracher Higgins à sa paisible retraite aurait été un exploit. Mais la fortune souriait parfois aux audacieux même si, dans le cas présent, le superintendant devrait se contenter d'un excellent repas.

Higgins prit un air dubitatif.

— Quel est le nom du disparu ?
— Fogg, rappela Scott Marlow. Julius Fogg.
— Excusez-moi un instant.

Higgins ne s'absenta que quelques minutes. Grâce à son système de fiches, il était plus rapide qu'un ordinateur.

— Ce nom ne m'était pas inconnu, superintendant : Julius Fogg est le mécène de l'association qui s'occupe des chiens handicapés. Il offre chaque année une somme considérable qui permet à un personnel dévoué de placer ces pauvres bêtes ou de les soigner avec attention. Un homme comme celui-là mérite que l'on s'intéresse à son sort.

CHAPITRE IV

Béton, acier, fenêtres que personne ne pouvait ouvrir, système de climatisation véhiculant des milliards de microbes, sièges inconfortables, moquette synthétique entièrement dérivée de la chimie : Higgins ne s'habituait pas à l'architecture moderne dont New Scotland Yard n'était qu'un triste exemple parmi tant d'autres. Marlow, qui détestait la campagne, ses sentiers boueux et son herbe humide, ne se plaisait que sur le macadam londonien et dans cet univers marqué au sceau du progrès.

Le bobby Jameson Rigobert-Farlow, sanglé dans un uniforme impeccable, se présenta au superintendant et à l'ex-inspecteur-chef. Grand, bien bâti, très droit, pénétré par l'importance de sa fonction, il était le bobby idéal.

— Alors, mon garçon, dit Scott Marlow, vous avez été le témoin d'un meurtre ?

— Pas exactement, Sir.

— Vous allez nous raconter ce qui s'est passé. Et rappelez-vous : le moindre détail compte.

— Compris, Sir.

Higgins sortit de la poche gauche de sa veste un

carnet noir. Sur la première page, à l'aide d'un crayon noir finement taillé, il écrivit : « Affaire Julius Fogg. »

— Vous vous trouviez donc, il y a deux jours, au pub « La Salamandre et le Dragon ».

— Affirmatif, Sir.

— C'est un endroit plutôt... chic, et la bière y est vendue à un prix prohibitif.

— Affirmatif, Sir.

— Curieux choix pour un fonctionnaire de police qui ne roule pas sur l'or.

— Je voulais m'offrir un petit extra, Sir... Comme je ne suis pas encore marié, c'est le genre de fantaisie que je peux encore m'accorder.

— L'atmosphère était-elle tranquille ?

— Très tranquille.

— Pas d'altercation ?

— Pas la moindre, Sir.

— À quelle heure Leonora Fogg a-t-elle fait irruption dans le pub ?

— Vingt et une heures, Sir. C'était l'heure limite que je m'étais accordée pour en sortir et rentrer chez moi. Pour être franc, j'ai failli prendre la porte dans la figure. Je pense que cette dame n'a même pas remarqué ma présence et a continué à courir droit devant elle. C'est le patron du pub qui l'a stoppée.

— Quel genre d'homme ? demanda Higgins.

— La cinquantaine, plutôt de petite taille, rapide, nerveux, un visage passe-partout, ni barbe, ni moustache, ni lunettes. Un abord aimable, mais un vrai patron, autoritaire et décidé.

— Comment cette femme était-elle vêtue ?

Le bobby prit un temps de réflexion.

— D'une façon très sommaire et proche de l'indécence, Sir. Pour dire toute la vérité, une simple chemise de nuit.

— Couleur ?
— Beige.
— Matière ?
— Soie. Le tissu brillait à la lumière, il devait avoir coûté un bon prix.
— Pas d'autre vêtement ?
— Négatif, Sir. Et même pas de chaussures.
— Qu'en concluez-vous ? demanda Higgins.
— Que cette femme était sortie précipitamment de chez elle, dans l'affolement le plus total.
— Vous souvenez-vous des paroles qu'elle a prononcées ?
— Impossible de les oublier : « Elle est morte assassinée. Moi, on a voulu me tuer. »
— Elle n'a pas donné le nom de la victime ?
— Négatif, Sir. Elle s'est évanouie dans les bras du patron du pub. Deux hommes l'ont aidé à allonger la malheureuse sur une banquette.
— Avez-vous parlé à ces deux hommes ?
— Négatif, Sir.
— Pouvez-vous les décrire ?
— Deux hommes costauds, carrés, l'allure sportive... J'avoue ne pas les avoir bien détaillés, car un vieux monsieur élégant, qui observait la femme évanouie avec un monocle, a attiré toute mon attention. « C'est l'épouse de Fogg », a-t-il indiqué avec une désagréable voix de fausset. J'ai alors révélé que j'appartenais à Scotland Yard, et il a accepté de m'emmener au domicile de cette femme, à proximité du pub. Je dois vous avouer que ce personnage m'a immédiatement déplu.
— Une raison précise ?
— Sa manière d'être, son regard en coin, cette voix insupportable... Et quand il était derrière moi, dans l'hôtel particulier, j'ai eu le sentiment d'un danger.

— Il ne vous a fait aucune confidence? demanda Higgins.

— Aucune, Sir.

— Aux abords de l'hôtel particulier de Fogg, rien d'insolite?

— Je n'ai rien remarqué, à l'exception de la porte d'entrée entrouverte. L'homme au monocle a insisté pour que je pénètre à l'intérieur. Il y avait peut-être un blessé... Mais la réalité était bien plus terrible. Il ne m'a pas fallu longtemps pour découvrir le cadavre d'une femme.

— À quel endroit précisément?

— Au pied d'un escalier en fer forgé qui menait à l'étage. Je n'ai touché à rien et j'ai appelé le Yard en utilisant le téléphone qui se trouvait dans le hall.

— Vous n'avez rien oublié, mon garçon? interrogea Scott Marlow.

— Absolument rien, Sir.

CHAPITRE V

Le bobby Jameson Rigobert-Farlow sortit du bureau de Marlow dans une attitude martiale. Le superintendant classa quelques feuillets.

— Que pensez-vous de ce garçon, Higgins?

— Sérieux, précis, observateur... Il devrait franchir de nombreux échelons. Et il nous fournit un certain nombre de pistes à exploiter.

— Par où voulez-vous commencer?

— Le corps médical nous autorise-t-il à interroger longuement Mme Fogg?

— Pas encore. Son médecin traitant l'a placée sous sédatifs puissants. Il estime qu'elle est encore en état de choc et que l'importuner relèverait de la persécution policière. Il faudra patienter.

— Quel est le nom de la victime, superintendant?

Marlow ne dissimula pas son irritation.

— Nous l'ignorons toujours.

— Elle devait bien occuper une chambre, dans l'hôtel particulier?

— Je l'ai examinée, mais il n'y avait aucun document à son nom.

— L'enquête de voisinage se serait-elle révélée infructueuse?

— Hélas, oui ! Nous n'avons obtenu qu'un prénom : Margaret. Elle parlait à peine à ses collègues, se contentait de formules de politesse et ne s'occupait que de son travail. Dans le quartier, personne ne sait rien de précis sur elle.

— C'est étrange...

— Oui et non, Higgins. La *housekeeper* d'une famille aussi riche que les Fogg devait avoir beaucoup à faire et n'avait donc pas le loisir de gaspiller son temps en bavardages.

— Le cadavre a-t-il été confié à Babkocks ?

Babkocks était un médecin légiste quelque peu excentrique et d'un caractère passablement rugueux, mais il demeurait le meilleur dans sa spécialité, et Higgins n'avait confiance qu'en lui.

Marlow parut navré.

— Babkocks se plaint d'être actuellement victime d'un embouteillage, et il m'a conseillé d'orienter ma cliente vers un autre praticien. Je n'en ai rien fait, bien entendu, mais je crois que vous seul pourrez débloquer la situation.

— Toujours aucune nouvelle de Julius Fogg ?

— Aucune.

— Nous avons vraiment beaucoup de travail, estima Higgins. Dans un premier temps, il nous faut désembouteiller Babkocks.

Personne n'avait jamais réussi à pénétrer dans le laboratoire de Babkocks où, pour mener à bien ses autopsies, il utilisait des méthodes strictement personnelles. Il se moquait totalement et définitivement du protocole administratif, mais avait fait arrêter tant de criminels que ses supérieurs fermaient les yeux.

Babkocks recevait ses rares visiteurs dans un petit salon encombré de caisses contenant des bouteilles de whiskey provenant d'une distillerie clandestine. L'atmosphère y était irrespirable, car le légiste, sosie de Winston Churchill, fumait sans arrêt d'abominables cigares qu'il fabriquait lui-même avec des déchets de tabacs exotiques dont il bourrait les poches de sa veste d'aviateur en cuir de la Royal Air Force.

— Higgins et Marlow! s'exclama-t-il. Qu'est-ce que vous faites dans le coin? Vous n'êtes pas malades, au moins? Parce que moi, mes patients, ils ressortent guéris de mon cabinet, mais vraiment guéris...

— C'est à propos de cette femme qui a été assassinée dans l'hôtel particulier des Fogg, révéla Higgins, paisible. Si tu pouvais t'en occuper rapidement, tu nous rendrais un fier service.

— Si tu savais ce que j'ai sur le dos! Deux faux suicides et trois faux accidents! À se demander si les assassins ne sont pas devenus des amateurs... Bon, enfin, parce que c'est toi, je vais dégager ma table d'opération et faire passer ta cliente en priorité... C'est qui, au juste?

— Si nous le savions...

— Ah, je vois! La police est de mieux en mieux faite, dans ce pays! Vous avez quand même une petite idée?

— Son prénom est probablement Margaret et elle était *housekeeper*.

— Tu veux dire « bonne à tout faire », mais avec un sale caractère qui lui permettait d'être la véritable maîtresse de maison. J'aime bien ce genre-là... Mais depuis quand les richards s'amusent-ils à trucider leurs domestiques?

— Pour être franc, nous n'avons encore aucune piste.

— Et vous comptez sur ce vieux Babkocks pour

vous dire si cette brave Margaret est morte de frayeur parce qu'elle a vu un fantôme ou si quelqu'un lui a ouvert la gorge avec une baïonnette... Bon, je m'en occupe.

Le légiste prit dans la poche arrière de son pantalon une flasque de whiskey et en but une belle rasade.

— Vous en voulez, superintendant ?
— Sans façon... C'est un peu tôt.
— Vous avez tort : il n'y a pas d'heure pour se remonter le moral. Bon, je vais ouvrir mon troisième crâne de la journée et après, j'explore Margaret.

CHAPITRE VI

Scotland Yard s'était mis en marche, avec toute son expérience et toute sa puissance. Scott Marlow avait envoyé une bonne dizaine d'inspecteurs sur les traces de Julius Fogg, qui n'avait toujours pas refait surface. Pas de Fogg à son domicile, gardé jour et nuit par la police, pas de Fogg à son bureau principal, celui d'une énorme entreprise d'import-export, pas de Fogg au siège des sociétés qu'il contrôlait. Et pas une seule secrétaire n'avait de nouvelles de lui.

Des avis de recherche venaient d'être lancés dans tout le pays, et la photographie du disparu avait été largement diffusée auprès de la police des frontières.

Cette photo que Higgins regardait, assis à l'avant de la vieille Bentley que conduisait en souplesse Scott Marlow, dans les embouteillages londoniens. Le vénérable véhicule avait été acquis d'occasion chez un revendeur douteux, mais donnait entière satisfaction au superintendant. La vieille Bentley, qui préférait l'air de la campagne à celui de Londres, aimait beaucoup transporter Higgins.

— Nous n'allons pas tarder à retrouver ce Fogg, prédit Scott Marlow ; avec la puissance de feu que j'ai déployée, il ne passera pas à travers les mailles du filet.

— Il a un visage banal, constata Higgins, mais plutôt sympathique.

Une tête passe-partout, en effet, sans nul trait distinctif, avec le sourire d'un homme plutôt content de lui, mais sans arrogance.

— Il inspire la sympathie, estima Marlow. Mais il est quand même en fuite, alors qu'un meurtre vient d'être commis à son domicile.

— Attendons le témoignage détaillé de son épouse, recommanda Higgins. Sans lui, nous ne pouvons guère progresser, à moins que leur hôtel particulier ne consente à nous parler.

La vieille Bentley se gara devant le domicile des Fogg.

Sous la pluie fine d'une ondée qui succédait à une averse, Higgins contempla longuement le perron encadré de deux colonnes blanches et la porte de chêne peinte en vert, avant de grimper la volée de marches.

Mains croisées derrière le dos, très digne, un bobby gardait l'accès de l'hôtel particulier. Quand Marlow se présenta, accompagné de Higgins, le policier en uniforme s'écarta et les laissa entrer.

Le hall de pierres blanches, orné de tapisseries flamandes du XVIIe siècle et agrémenté de vases de Sèvres disposés sur des coupoles vénitiennes, avait de quoi séduire l'amateur d'art le plus blasé. Les dalles du sol étaient anciennes et les dorures, couronnant les murs, témoignaient d'un raffinement extrême. Quant au mobilier de style géorgien, il aurait mérité de figurer dans un musée.

Silencieux comme un chat, Higgins explora les pièces du rez-de-chaussée, un grand salon d'apparat, trois salons Regency, un fumoir, une bibliothèque, deux bureaux, une vaste salle à manger et un boudoir où l'on prenait le thé. Du buffet le plus imposant à la plus simple chaise, chaque objet était une manière de chef-d'œuvre pour lequel des collectionneurs avertis se seraient damnés.

Puis l'ex-inspecteur-chef se dirigea vers l'escalier en fer forgé qui permettait d'accéder au premier étage.

— C'est donc ici que se trouvait le cadavre.

Marlow montra à Higgins les photographies prises par l'identité judiciaire.

— Face contre le sol, bras écartés du corps, les jambes reposant sur les trois dernières marches de l'escalier, constata Higgins.

— Elle tentait de s'enfuir, c'est évident, jugea Marlow ; elle n'a malheureusement pas été assez rapide. Il l'a rattrapée et l'a tuée.

Higgins ne fit aucun commentaire.

Scott Marlow connaissait suffisamment son collègue pour savoir que ce mutisme était une forme de désapprobation.

— Auriez-vous une autre explication, Higgins ?

— C'est encore trop tôt, superintendant.

L'ex-inspecteur-chef se méfiait des idées préconçues et des a priori ; il préférait travailler comme un vieil alchimiste, accumulant dans son athanor les multiples aspects de la matière première pour laisser la vérité apparaître d'elle-même.

— Montons à l'étage, voulez-vous ?

Huit chambres et autant de salles de bains, trois bureaux et un petit appartement réservé à la *housekeeper*. L'ensemble était meublé en style Robert Adam, un architecte écossais du XVIIIe siècle qui avait allié la sobriété, le néo-classicisme et l'élégance. Quelque peu influencé par les Français Ledoux et Bondel, il avait su jouer de couleurs tantôt ternes, comme le gris, tantôt surprenantes, comme le lilas ou le vert amande, sans jamais oublier les motifs en stuc dorés. Et les cheminées de marbre, les meubles en bois doré ou les miroirs en bronze que Robert Adam avait inspirés rehaussaient l'éclat de ses conceptions architecturales.

Les époux Fogg faisaient chambre à part. Et Julius Fogg disposait d'un somptueux bureau où il conservait des dossiers financiers. Higgins s'attarda longtemps dans cette pièce, déployant l'instinct d'un chasseur. Et c'est dans une boîte en cristal de roche, ornée de deux miniatures représentant la reine Victoria, qu'il découvrit un curieux document, une sorte de billet d'avion à destination de Rio de Janeiro, mais sans nom de compagnie.

Une série de chiffres énigmatiques avait toute l'apparence d'un code que Higgins recopia sur son carnet.

Restait à explorer le domaine de Margaret, la *housekeeper* des Fogg.

Higgins découvrit un espace de classicisme anglais dans sa pureté la plus remarquable et sans la moindre fantaisie qui aurait pu faire peser un doute quelconque sur la qualité morale de l'occupante. Tout désordre était banni, et la délicatesse des napperons brodés n'avait d'égale que la rigueur des tapis aux décors géométriques.

Higgins et Marlow regagnèrent le rez-de-chaussée, et l'ex-inspecteur-chef tint à examiner l'autre domaine de la *housekeeper,* à savoir la cuisine, l'office, la buanderie et la lingerie.

À quelques détails, tels qu'une pile d'assiettes sales et un empilement de serviettes de table, on s'apercevait que la malheureuse *housekeeper* n'avait pu, comme d'ordinaire, achever son service.

La poubelle n'avait pas été vidée. Chaussant des gants en caoutchouc, Higgins en inventoria le contenu : bouteilles de champagne millésimé, grands crus de bordeaux, boîtes de caviar et de foie gras, débris d'une bouteille d'Alton Bitter, emballages de chez Fortnum and Mason et d'autres épiceries fines.

L'ex-inspecteur-chef revint dans le hall, regrimpa l'escalier et le redescendit, dubitatif. Après quoi il prit encore quelques notes, de son écriture fine et rapide.

— Nous devrons sans doute revenir ici, prédit Higgins.

CHAPITRE VII

Sir Arthur Mac Crombie, colonel en retraite et membre du club très fermé des amis de Higgins, dont les lois étaient rectitude, entraide et respect de la parole donnée, passait pour le meilleur spécialiste des guerres mondiales et des divers conflits sanglants sur lesquels il avait amassé une impressionnante quantité de fiches, de dossiers et de documents de toute nature. Les Mac Crombie, dont les origines se perdaient dans les nuits belliqueuses du Moyen Âge, avaient tous été de brillants militaires ; et quiconque n'appartenait pas à l'armée apparaissait aux yeux de Sir Arthur comme un dangereux anarchiste, voire un danger public.

Dans sa grande villa, près de Greenwich, le colonel continuait à accumuler les informations, grandes et petites, qui permettaient de déchiffrer les arcanes des terrifiants conflits pendant lesquels, avec un remarquable sens du progrès, les humains avaient appris à se détruire de plus en plus scientifiquement.

Mac Crombie classait des photographies représentant des criminels de guerre nazis lorsqu'on sonna à sa porte. D'un pas alerte, il alla ouvrir lui-même.

— Higgins et Marlow, ces deux vieux forbans ! Vous avez de la chance... Ma cuisinière galloise vient de préparer du sanglier mariné à la groseille, des pâtes fraîches à la fraise et à la graisse d'oie, et des crêpes au whiskey.

Les pires craintes de Higgins se confirmaient. Il savait qu'il faudrait en passer par là pour obtenir le renseignement qu'il souhaitait ; restait à espérer que son foie supporterait l'épreuve.

La voix rauque du colonel témoignait d'une remarquable vitalité ; tôt levé et tard couché, il faisait également preuve d'un appétit d'ogre.

— Encore un meurtre sur les bras, je parie ?
— Exact, Arthur, avoua Higgins.
— Pour mettre fin à tous ces crimes, il nous faudrait une bonne guerre à l'antique, en bonne et due forme, avec des règles que tout le monde respecterait. Bon... Avant de nous mettre à table, qu'est-ce que tu veux savoir ?

L'ex-inspecteur-chef présenta à Sir Arthur le document découvert chez Julius Fogg.

— Qu'en penses-tu ?
— On dirait un billet d'avion... Mais avec un code chiffré ! Ça me rappelle quelque chose... Attendez-moi en buvant un whiskey.

Sir Arthur Mac Crombie remplit lui-même les verres de ses hôtes, des verres d'homme dont la contenance était plus proche de la bouteille que du dé à coudre. Scott Marlow, dont le gosier était asséché, en fut satisfait, d'autant plus que la qualité du breuvage s'avéra exceptionnelle.

Le colonel réapparut dix minutes plus tard, le sourire aux lèvres.

— Un vieux code de la R.A.F. ! Une technique utilisée pour échapper aux écoutes allemandes.
— Qu'y a-t-il d'écrit sur ce billet ?

— Une destination et une date.
La destination, c'était Rio de Janeiro.
La date, le lendemain de l'assassinat de la *housekeeper.*

L'officier de police chargé de réunir les informations en provenance de tous les aéroports de Grande-Bretagne d'où partaient les vols internationaux ne fit attendre Higgins et Marlow qu'une demi-heure.
— Mes chers collègues, aucun doute à avoir : Julius Fogg n'a pris aucun des vols à destination du Brésil à la date que vous m'avez indiquée.
— Et les jours suivants ? demanda le superintendant.
— Ah... Ça, c'est autre chose ! Il faut que je reparte en chasse.
De retour avec une liasse de rapports, l'officier de police avait l'air dépité.
— Pas de Julius Fogg sur les listes des passagers et pas un voyageur qui corresponde à ce signalement... Dois-je maintenir mes services en état d'alerte ?
— Bien entendu.
— Et si Julius Fogg avait utilisé un avion privé ? avança Higgins.
— Ça compliquerait bigrement la situation ! Mais Fogg aurait laissé un plan de vol... Bon, je m'en occupe. Vous n'êtes pas trop pressés ?
— Nous attendons.
« Higgins a raison, pensa Marlow, c'est sûrement ainsi que Julius Fogg a procédé. Après avoir prémédité l'assassinat de Margaret, la *housekeeper,* pour une raison qui reste à découvrir, il a quitté la Grande-Bretagne en pilotant son propre avion. »

— Nous allons être contraints d'accuser Fogg de meurtre, déclara le superintendant, et de lancer contre lui un mandat d'arrêt international. Souhaitons que les autorités brésiliennes ne nous mettent pas des bâtons dans les roues. Mais pourquoi diable un milliardaire comme Fogg a-t-il agi de la sorte ?

Quand il réapparut, avec une nouvelle liasse de rapports, l'officier de police avait toujours l'air dépité.

— Pas de trace d'avion privé... Fogg en possédait bien un, mais il n'a pas bougé de son hangar, sur l'aéroport de Feelds. Vous allez vérifier ?

— Depuis combien de temps cet avion n'a-t-il pas bougé ? demanda Marlow au mécanicien.
— Ben... Au moins deux mois.
— Savez-vous à qui il appartient ?
— À M. Fogg, un milliardaire.
— S'en sert-il souvent ?
— Ben... Pas tellement. Enfin, ça lui arrive quand même. L'avion est à lui, et il en fait ce qu'il veut.
— Mais depuis deux mois, il n'a pas décollé.
— C'est certain.
— Vous n'auriez pas vu Fogg, ces derniers jours ?
— Non... Pour ça, non. Ça fait un bon bout de temps que je ne l'ai pas vu.

Le visage fermé, les mains dans les poches de son imperméable, Marlow se tourna vers Higgins.

— Fausse piste, conclut-il. Fogg a l'air plus malin qu'on ne l'imaginait.

CHAPITRE VIII

Au cœur de la City, dans Threadneedle Street, trônait l'une des vieilles dames les plus respectées du Royaume-Uni : la banque d'Angleterre. Son architecture s'inspirait du temple de la Sibylle à Tivoli et de l'arc de triomphe de Constantin, et elle affichait sa parfaite respectabilité avec une rassurante constance.

C'est là qu'officiait Watson B. Petticott, camarade de collège de Higgins et membre de son clan très restreint d'amis indéfectibles. Relation obligée du Premier ministre et des personnalités influentes du royaume, sosie de Sherlock Holmes, Watson B. Petticott se passionnait pour les enquêtes policières.

Aussi différa-t-il une kyrielle de rendez-vous ennuyeux pour recevoir séance tenante Higgins et Marlow dans son somptueux bureau dont les meubles, en bois des îles, rappelaient la magnificence de l'empire britannique, naguère si vaste que le soleil ne s'y couchait pas.

— Un beau crime, j'espère ? demanda-t-il à Higgins.

— Pour le moment, une *housekeeper*.

— « Pour le moment »... Tu attends donc d'autres

cadavres ! Asseyez-vous donc... Je vous sers un porto sublime.

Marlow et Higgins prirent place dans de profonds et confortables fauteuils en cuir fauve, et constatèrent que Watson B. Petticott ne se vantait pas à propos de la qualité de son vintage.

— Alors, quel est le patron de cette malheureuse *housekeeper* ?

— Julius Fogg, répondit Higgins.

Le banquier émit un sifflement admiratif.

— Tu frappes haut et fort, dis donc ! Assassiné, lui aussi ?

— À l'heure actuelle, il a simplement disparu.

Watson B. Petticott fronça les sourcils.

— Victime... ou coupable ?

— C'est toute la question, Watson.

— Vous le cherchez et vous ne l'avez pas encore trouvé ! Et s'il était mort ?

— L'hypothèse n'est pas à exclure. Mais j'aimerais savoir qui était précisément Julius Fogg.

Le banquier passa deux coups de téléphone et prit quelques notes en écoutant ses interlocuteurs.

— Je connais bien le cas Julius Fogg, précisa-t-il, mais j'avais besoin de quelques informations complémentaires. Julius Fogg... Un drôle de pistolet, si tu m'autorises l'expression !

— Serait-il un milliardaire... indélicat ? interrogea Higgins.

— Ce n'est pas lui qui possède la fortune, mais son épouse, Leonora. Voilà une piste de moins pour vous : elle n'avait aucune raison de se débarrasser de son mari et, lui, il n'avait aucune raison de fuir une existence dorée.

— Cette fortune, il aurait pu la dilapider.

— Tu n'as pas tort, Higgins, d'autant que ce brave Julius est un joueur invétéré ! Poker, bridge, roulette et tous les jeux de hasard... Une vraie passion, avec un détail extraordinaire : il gagne plus souvent qu'il ne perd. Un joueur heureux qui amasse d'énormes sommes grâce à son vice, c'est rare. En fait, Fogg possède une vertu exceptionnelle : il sait s'arrêter juste à temps. À n'importe quelle table de jeu, il pousse sa chance jusqu'au bout, mais pas plus loin, et il ramasse la mise avant qu'il ne soit trop tard.

— Donc, pas de dettes de jeu.

— Pas la moindre.

— Qui gère la fortune, lui ou sa femme ?

— Elle s'occupe des placements, et lui du développement, d'ailleurs avec beaucoup de talent. Julius Fogg sait investir, car il a beaucoup d'intuition. Il joue en Bourse avec le même succès qu'au casino. Grâce à lui, la fortune de sa femme a doublé.

— Lui en est-elle reconnaissante ?

— D'après la rumeur, oui. Le couple était stable, M. et Mme Fogg fréquentaient les salons les plus huppés et assistaient aux événements mondains obligatoires.

— Fréquentaient-ils... le palais ? questionna Marlow, angoissé.

— Ils y furent admis, en effet, et l'entourage de Sa Majesté avait plutôt une bonne opinion d'eux.

— Il faut retrouver Julius Fogg au plus vite ! s'exclama le superintendant. Sa disparition pourrait causer un épouvantable scandale.

— Vous et Higgins parviendrez certainement à l'éviter, même si vous devez soulever quelques voiles opaques.

— Mon cher Watson, résuma Higgins, tu nous présentes donc Julius Fogg comme un original qui prend sans cesse des risques mais qui réussit à s'imposer comme un élément brillant de la meilleure société.

— Exact : la gentry l'admire et, même, l'envie.

— Lui connais-tu des ennemis ?

— Non, car sa gentillesse est désarmante. Fogg ne se prend jamais au sérieux, et il s'attire la sympathie de ses concurrents. Ce n'est pas un homme qui tente de s'imposer ou de marcher sur les pieds d'autrui.

— Julius Fogg t'apparaît-il comme capable de violences soudaines ?

— Franchement, non ! Au contraire, il a le don de calmer les esprits irrités et ramener la paix là où la guerre risque d'éclater. Il est convivial, aimable et gai.

— N'aurait-il pas été mêlé à une malversation financière qui aurait provoqué sa fuite ?

— Non, c'est impossible. Je l'aurais su d'une manière ou d'une autre. Julius Fogg est une sorte d'honnête homme égaré dans le monde des milliardaires.

— Est-il secret ?

— Apparemment pas. Je dirais plutôt qu'il est naïf et que, par chance, cette naïveté le sert. Désolé de ne pas t'avoir appris grand-chose, Higgins.

— Détrompe-toi.

L'œil du banquier brilla.

— T'aurais-je donné une information capitale sans m'en apercevoir ?

— L'avenir le dira.

— Bien entendu, tu viendras tout me raconter dès que tu auras identifié l'assassin.

CHAPITRE IX

Le médecin qui soignait Leonora Fogg était un sexagénaire aux cheveux argentés. Plutôt méprisant, il regarda de haut Higgins et Marlow.

— Soyons clairs, messieurs : je n'aime pas la police. Elle est malheureusement indispensable, admettons-le, mais elle ferait mieux de se montrer beaucoup plus discrète.

— Nous nous efforcerons de combler vos vœux, assura Higgins.

— J'espère que vous ne venez pas importuner ma patiente.

— Quel est son état de santé, docteur ?

— Il s'améliore très lentement.

— Accepte-t-elle de nous recevoir ?

— C'est trop tôt, inspecteur. Beaucoup trop tôt. Je m'y oppose formellement.

— De quoi souffre Mme Fogg ?

— Choc émotionnel. En fait, il serait préférable que vous n'importuniez pas du tout Mme Fogg, maintenant ou plus tard. Lui rappeler les moments tragiques qu'elle a vécus pourrait ralentir sa guérison. Laissez-la donc tranquille, messieurs, c'est la meilleure solution.

— C'est malheureusement impossible, docteur.

— Ce sera néanmoins comme ça et pas autrement.

— Désolé d'insister, mais Mme Fogg a été témoin d'un meurtre.

— Ce n'est pas mon problème, messieurs.

Scott Marlow fulminait.

— Ne vous avisez pas d'entraver le cours de l'enquête, docteur, ou vous aurez de graves ennuis.

— Vous n'oseriez pas...

— Si, trancha le superintendant. À présent, j'exige une réponse précise : quand Mme Fogg sera-t-elle en état de nous recevoir et de répondre à nos questions ? Et n'essayez pas de gagner du temps, sinon j'entame une procédure contre vous.

Le praticien se haussa du col.

— Eh bien... disons demain matin.

Sur le bureau de Scott Marlow, uniquement des rapports négatifs : malgré les efforts soutenus des limiers de Scotland Yard, Julius Fogg demeurait introuvable.

Une note ranima l'espoir : Babkocks avait appelé pour signaler que l'autopsie de la *housekeeper* était terminée.

Dédaignant le thé qu'apportait le planton, Marlow et Higgins se rendirent aussitôt dans l'antre du médecin légiste.

Affalé dans un fauteuil en rotin, Babkocks dégustait un saucisson à l'ail tout en fumant un cigare dont il faisait tomber la cendre dans son verre de whiskey.

— Vous en voulez une tranche ?

— Sans façon, répondit Marlow.

— Vous avez tort, superintendant... Ça et de l'huile d'olive pour les boyaux, ça vous maintient un bonhomme au sommet de sa forme. Et quand vous tripotez du cadavre toute la journée, il ne faut pas se laisser aller.

— Cette malheureuse *housekeeper* a-t-elle été bavarde ? interrogea Higgins.

— En tout cas, pas complètement muette. Au moins, une certitude : elle ne s'est pas suicidée. Impossible de se planter toute seule un instrument pointu dans la nuque. Tu me diras qu'elle aurait pu avoir le bras long comme un singe et se livrer quand même à un exercice aussi idiot... Impossible, j'ai vérifié.

— Donc, il s'agit bien d'un meurtre.

— Un meurtre en bonne et due forme. Et je peux même te dire comment ça s'est passé. Ta *housekeeper* était agenouillée et se penchait sur quelque chose lorsque quelqu'un s'est approché d'elle et lui a planté l'arme du crime dans la nuque, d'un coup sec et précis. Il y avait donc de la lumière dans la pièce.

— Une femme pouvait-elle agir ainsi ?

— Sans aucun problème.

— Quel type d'arme du crime imagines-tu ?

— D'après la forme et la profondeur de la blessure, un objet pas trop lourd avec une partie très pointue. Peut-être un genre de bibelot, du style d'un guerrier tenant une épée.

Babkocks tira une bouffée de son cigare. Pendant quelques instants, l'atmosphère fut irrespirable.

— Côté santé, poursuivit le légiste, ta *housekeeper* était plutôt en bonne forme. Elle ne buvait pas d'alcool et se nourrissait correctement. Bonne hygiène générale, pas d'organe lésé, pas de maladie grave. Une belle petite, quoi, qui aurait pu vivre encore pas mal d'années.

— Il n'y a pas eu lutte ? demanda Marlow.

— Non, elle est morte sur le coup. Mais l'assassin ne s'est pas arrêté là.

— Que voulez-vous dire ?

— Un examen attentif des vêtements et des chaussures prouve que le cadavre a été traîné sur une courte distance. Il a donc été déplacé pour une raison bien précise : l'assassin n'a pas voulu que sa victime fût découverte à l'endroit où elle avait été tuée.

— Le coupable est forcément un homme, conclut Scott Marlow.

— Négatif. La *housekeeper* ne pesait que quarante-deux kilos. Une femme motivée a parfaitement pu la soulever.

— Et même la tirer jusqu'au bas de l'escalier ?

— Sans aucun doute.

— Mais il y aurait eu des traces de sang sur les marches !

— Non, car la blessure a très peu saigné. En prenant la *housekeeper* sous les aisselles, et en faisant descendre le cadavre marche après marche, aucun problème. Et toute l'opération n'a pris que très peu de temps.

Scott Marlow était intrigué : pourquoi une telle mise en scène ?

— Ce n'est pas tout, ajouta Babkocks. Un détail me paraît particulièrement intéressant : sous l'ongle de l'index de la main droite, il y avait un minuscule éclat de bois. Le voici.

Babkocks tendit à Higgins un sachet contenant le précieux indice.

— Faites-le analyser, recommanda-t-il. Il devrait vous en dire long sur l'endroit précis où se trouvait cette malheureuse quand elle a été assassinée.

CHAPITRE X

Un bois rare.

Un minuscule morceau de bois de citronnier pour lequel Higgins éprouvait une affection particulière. Sa merveilleuse couleur jaune donnait aux meubles dont il était fait une lumière inimitable.

Dès qu'ils avaient été en possession du résultat de l'analyse, Marlow et Higgins étaient retournés à l'hôtel particulier des Fogg.

Et leur exploration avait été couronnée de succès.

Dans l'obscurité, il brillait.

Le meuble élancé en bois de citronnier se trouvait dans une petite pièce du premier étage, à côté du bureau de Julius Fogg.

Il contenait des souvenirs de famille, des photographies, des babioles.

— Si nous suivons Babkocks, dit le superintendant, la *housekeeper* était en train de fouiller ce meuble lorsque l'assassin l'a surprise.

— Peut-être, dit Higgins.

L'ex-inspecteur-chef sortit de sa poche un outil métallique à multiples têtes que lui avait offert le meilleur perceur de coffres-forts du Royaume-Uni lorsqu'il avait pris sa retraite.

— Croyez-vous qu'il y a des tiroirs secrets, Higgins ?

— Possible.

Avec délicatesse, l'ex-inspecteur-chef tapota les parois du meuble avec la tête de son outil.

Un endroit sonna le creux.

Higgins fit jouer une lame flexible qui caressa le bois jaune et repéra une légère aspérité, qui se révéla être une sorte de bouton.

Higgins l'enfonça et déclencha l'ouverture d'un panneau.

Un coffre-fort creusé dans la masse du bois.

Mais un coffre-fort vide.

L'ex-inspecteur-chef continua à rechercher d'autres cachettes, mais en vain.

Scott Marlow était perplexe.

— De deux choses l'une, Higgins : ou bien la *housekeeper* a découvert ce coffre-fort vide, ou bien elle s'est emparée des documents qu'il contenait. L'assassin l'a-t-il surprise à ce moment-là ? C'est probable. Ce serait donc lui qui, à présent, serait en possession de ces documents. Mais pourquoi une domestique a-t-elle entrepris ce genre de fouille ? Et il faut aussi supposer que l'assassin la suivait et attendait qu'elle commît cette erreur.

Higgins demeura muet.

— Il faut en savoir plus sur la personnalité de cette Margaret ! estima le superintendant. Son comportement n'est vraiment pas ordinaire.

Le superintendant était décidé à faire intervenir un médecin de Scotland Yard pour obliger celui qui s'occupait de Leonora Fogg à ouvrir la porte de la chambre de sa patiente. Seul un interrogatoire approfondi fournirait enfin l'identité de la victime et éclairerait sa personnalité.

Mais le rapport de l'un des inspecteurs du Yard orienta Marlow vers une autre direction : on venait de retrouver Julius Fogg.

La petite rue de Wainstreet, dans la banlieue sud de Londres, était sous la surveillance des hommes du Yard depuis le début de la matinée. L'inspecteur chargé de l'enquête, un rouquin grand et fin comme un haricot, avait jugé bon d'attendre l'arrivée de Scott Marlow pour interpeller le milliardaire en fuite.

— Heureux de vous voir, superintendant.

— Vous connaissez l'inspecteur Higgins ?

— De réputation. Sa présence ne prouve-t-elle pas que nous sommes sur une affaire importante ?

— Nous verrons, mon ami, nous verrons.

— Ce Julius Fogg serait-il accusé... de meurtre ?

— Où l'avez-vous repéré ?

— Dans une épicerie de la rue où il n'a cessé de discuter le prix du fromage et de la bière. La femme de l'épicier s'est inquiétée de l'attitude de ce client et elle a appelé la police. Quand deux agents sont arrivés sur les lieux, l'homme était parti sans avoir rien acheté. L'un des bobbies a eu l'intelligence de montrer à l'épicière la photo de Julius Fogg et elle l'a immédiatement reconnu.

— Mais il avait disparu !

— J'ai interrogé les voisins, superintendant, et j'ai eu de la chance. D'après l'un d'eux, Fogg réside dans l'hôtel au bout de la rue. Je l'ai immédiatement fait surveiller par des policiers en civil. Fogg n'est pas sorti de sa chambre, je peux vous en assurer.

— Pas de sortie dans une arrière-cour ?

— J'ai vérifié, superintendant. Soyez tranquille.

— Allons-y.

Policiers en civil et bobbies partirent à l'assaut du petit hôtel dont la façade aurait dû être ravalée depuis longtemps. Marlow prit la tête de la petite troupe, Higgins ferma la marche.

L'hôtelier paniqua.

— Mais... Qu'est-ce que c'est ?
— Scotland Yard.
— Je suis en règle !
— La chambre de Julius Fogg ?
— Il n'y a personne de ce nom ici.

Marlow posa la photo du milliardaire sur le comptoir.

— Et cet homme-là ?
— Ah, celui-là... Oui, il réside bien dans mon hôtel.
— Quelle chambre ?
— La huit, au deuxième étage, à droite de l'escalier.

Marlow gravit les marches quatre à quatre et frappa à la porte de la chambre huit d'une poigne énergique.

— Police, ouvrez !

Un cri étouffé, un bruit de pas précipité... D'un coup d'épaule, le superintendant enfonça la porte.

L'homme avait enjambé la fenêtre, hésitant à sauter dans le vide.

— Ne faites pas l'idiot, Fogg !

Marlow se rua sur le suspect, l'agrippa par le bras et le tira vers lui, à l'intérieur de la pièce.

L'homme regarda le superintendant avec des yeux étonnés.

— Comment m'avez-vous appelé ?
— Il va falloir vous expliquer, monsieur Fogg.
— Je ne m'appelle pas Fogg, mais Wapps ! Andrew Wapps.

CHAPITRE XI

Andrew Wapps fut conduit à Scotland Yard pour y être soumis à un feu roulant de questions. En le regardant avec attention, Marlow avait été pris d'un doute : il ressemblait à la photo de Julius Fogg, mais ce n'était qu'une ressemblance... et plutôt lointaine.

— Quelle est votre profession, Wapps ? interrogea Scott Marlow.
— Je... je n'en ai pas.
— Comment gagnez-vous votre vie ?
— Ben... comme je peux.
— Dites donc, mon gaillard! Cessez de plaisanter ou il vous en cuira. Quand on prend la fuite devant la police, c'est qu'on n'a pas la conscience tranquille.
— C'est parfois plus prudent... à cause des bavures.

Marlow contint difficilement sa colère.

— La vérité, et tout de suite !

Wapps baissa la tête et parla à mi-voix.

— Je sors de prison.
— Pour quel motif avez-vous été condamné ?
— Vol dans les épiceries. Je n'ai pas recommencé, je vous jure ! Je crois que j'ai perdu la main... Et je n'ai pas envie de retourner en cellule.

Vérification faite, Wapps n'avait pas menti.

Et Julius Fogg demeurait introuvable.

— Bonjour, docteur, dit Marlow dont l'allure martiale prouvait la détermination. Je suppose que Mme Fogg est disposée à nous recevoir, l'inspecteur Higgins et moi-même ?

Le praticien se haussa du col.

— Puisqu'il le faut... Mais je vous préviens, elle est encore très choquée. Votre interrogatoire ne pourra qu'aggraver son état de santé.

— L'identification d'un criminel vous paraîtrait-elle sans importance, docteur ?

— Je préfère ne pas discuter avec vous.

Le praticien ouvrit lui-même la porte de la chambre de Leonora Fogg.

La jolie brune était assise dans son lit. Coiffée, maquillée avec discrétion, elle affichait une superbe quarantaine. Les yeux noisette, les lèvres fines, le menton petit et mutin, elle avait beaucoup de charme.

— Acceptez-vous de répondre aux questions de ces messieurs, madame Fogg ?

— Oui, docteur.

— Eh bien, laissez-nous, dit Marlow au praticien, d'un ton rogue.

Higgins referma la porte de la chambre.

— Je crois vous reconnaître, avança Leonora Fogg en dévisageant Marlow. J'ai dû vous parler... Mais je ne sais pas ce que je vous ai raconté. J'étais choquée... tellement choquée.

— Je suis le superintendant Marlow, et voici l'inspecteur Higgins. Nous espérons que vous pourrez nous aider à identifier l'assassin, madame Fogg.

Le visage de la jolie brune se crispa.

— L'assassin... Vous avez bien dit : l'assassin ?

— Il y a bien eu crime.

Leonora Fogg ferma les yeux.
— Ce n'était donc pas un cauchemar...
— Hélas ! non.
— Mais alors, ma pauvre Margaret...
— Elle est morte.
— Margaret... Une femme si gentille, si dévouée... Une parfaite *housekeeper*... Seul un fou ou un sadique...
— Quel était son nom de famille ?
Émue, fragile, Leonora Fogg rouvrit les yeux.
— Chiswick... Elle s'appelait Margaret Chiswick. C'était une fille délicieuse, très vive et tellement efficace !
— Depuis quand était-elle à votre service ?
— Un an environ... La précédente *housekeeper* m'avait quittée, et j'ai eu la chance de pouvoir engager Margaret.
— Était-elle mariée ?
— Non.
— Divorcée ?
— Non, cette pauvre Margaret avait été orpheline dans sa prime jeunesse et, dès la sortie de l'établissement où elle avait reçu une éducation sommaire, elle s'était mise au travail. Comme elle disposait d'excellentes références, je n'ai pas hésité à l'engager... Et je n'ai pas été déçue, croyez-moi !
— Vous faisait-elle des confidences ?
— Non, Margaret se tenait strictement à sa place. J'ai bien essayé, à deux ou trois reprises, de me montrer moins distante, mais j'ai senti que cette attitude lui déplaisait.
— Lui connaissiez-vous des ennemis ?
— Non, inspecteur. Mais comment en aurait-elle eu ? Son seul univers, c'était cet hôtel particulier de

Londres. Elle pourchassait le moindre grain de poussière et tenait à ce que régnât un ordre parfait dans toutes les pièces. J'aurais pu engager d'autres domestiques, bien sûr, mais à quoi bon ? Margaret suffisait à la tâche, et je crois qu'elle aurait mal admis quelqu'un d'autre. Comme elle était aussi douée pour la cuisine que pour le ménage, je n'avais vraiment aucune raison de la contrarier.

— Quelles étaient ses distractions ?
— Elle n'en avait pas, inspecteur, et elle ne prenait même pas ses jours de congé ! J'ai insisté à plusieurs reprises, mais Margaret était ainsi faite : elle préférait astiquer l'argenterie plutôt que d'aller se promener à la campagne.
— Margaret Chiswick n'avait-elle aucun ami ?
— Pas à ma connaissance... Mais pourquoi l'a-t-on tuée, inspecteur, pourquoi ?
— Nous l'ignorons encore, madame, mais nous le découvrirons.
— Il faut arrêter l'assassin, il faut l'arrêter !
— Comptez sur nous... Mais votre aide nous est indispensable.
— Que puis-je faire, inspecteur ?
— Nous raconter en détail la scène tragique que vous avez vécue.

CHAPITRE XII

Leonora Fogg garda le silence plus d'une minute.

— Quels horribles moments, murmura-t-elle en se cachant les yeux avec ses mains.

— Il faut affronter la réalité, recommanda Higgins, même si elle est affreuse. Grâce à votre témoignage, madame, nous parviendrons peut-être à découvrir la vérité.

La jolie brune ouvrit les yeux et regarda droit devant elle, comme si elle revoyait la scène du meurtre.

— C'était le début de soirée... J'avais eu une journée très fatigante. Une pénible conversation autour d'une tasse de thé avec une amie déprimée, la vaine recherche d'un beau vase de Chine chez des antiquaires plus malhonnêtes les uns que les autres, des embouteillages à n'en plus finir... Quand je suis rentrée chez moi, j'étais de mauvaise humeur et je crois m'être montrée désagréable avec Margaret. Comme d'habitude, elle avait parfaitement fait son travail, et je n'avais vraiment rien à lui reprocher. Je me sentais nerveuse, inquiète, sans raison précise... Pour me calmer, j'ai pris une douche, mais en vain. Il régnait dans la maison une atmosphère bizarre que j'avais le plus grand mal à supporter. Et puis... et puis...

La gorge de Leonora Fogg se serra.

— Prenez votre temps, recommanda Higgins.

— J'ai mal à la tête, inspecteur... Tout se mélange, mes idées se brouillent et... Et j'ai peur!

La jolie brune se raidit.

— Avez-vous entendu un bruit insolite? demanda l'ex-inspecteur-chef.

— Oui, je crois... La maison était plutôt silencieuse, d'ordinaire. Il y a eu un cri... Oui, un cri.

— Est-ce votre *housekeeper* qui l'a poussé?

Leonora Fogg réfléchit longuement.

— Je crois... Mais comment en être sûre?

— C'était bien un cri de femme?

— Il était aigu, c'est certain... Mais que dire de plus? Pourtant, à la réflexion, ce ne pouvait être que Margaret. Elle devait être effrayée, tellement effrayée!

— Comment avez-vous réagi, madame Fogg?

— Je... Je ne sais plus, inspecteur! J'aurais dû crier, moi aussi, appeler Margaret, lui demander ce qui se passait, mais je...

— L'avez-vous fait?

— Je... je ne sais plus. Non, je ne crois pas... J'étais tétanisée, je ne comprenais pas ce qui se passait. Alors, je suis montée au premier.

— Le cri provenait donc du premier étage?

— Oui, inspecteur... Oui, du premier.

— Vous avez monté l'escalier.

— Oui, je l'ai monté.

— Vite ou lentement?

La question parut surprendre Leonora Fogg.

— Je... je ne me rends pas compte. Je n'ai pas fait attention. Vite, il me semble... Ah non, lentement... Car j'avais peur, tellement peur!

— Comment étiez-vous habillée ?

— Je portais une chemise de nuit car je voulais me coucher, après ma douche... Non, je m'étais habillée pour dîner... Non, je me trompe, j'y avais renoncé... Une chemise de nuit, rien qu'une chemise de nuit.

— Ni pantoufles ni mules ?

— J'en possède plusieurs paires, mais je préfère marcher pieds nus.

— Quand vous avez monté l'escalier, vous n'avez donc fait aucun bruit, et l'assassin ne pouvait pas vous entendre.

— Peut-être... Je ne sais pas.

— Qu'avez-vous vu en arrivant sur le palier ?

— Il n'y avait pas de lumière... Ai-je encore appelé Margaret ou non, je ne m'en souviens plus... Je crois que je n'osais plus avancer. Et puis... tout est allé très vite ! On m'a attaquée, inspecteur, on a tenté de me tuer !

— De quelle manière, madame Fogg ?

— Il y a eu comme un éclair... Peut-être une lame, dans l'obscurité... J'ai bondi sur le côté et je me suis précipitée dans l'escalier, au risque de me rompre le cou. Et j'ai couru comme une folle, droit devant moi... Fuir, échapper à la mort, je n'avais que cette idée en tête ! Ensuite, je ne me rappelle plus rien. J'ai dû entrer dans un pub et je me suis évanouie. Quand je me suis réveillée, il y avait plusieurs hommes autour de moi et je me suis évanouie à nouveau, après avoir répondu à des questions que je ne comprenais pas... Et ce fut cette clinique.

— Vous avez donc vu l'assassin de Margaret Chiswick, observa Higgins d'une voix douce.

— Non, ce n'était qu'une forme dans l'obscurité.

— Homme ou femme ?

— Je suis incapable de le dire.
— Faites un effort, madame Fogg.
— Son geste fut si rapide, je ne peux vous donner aucune description.
— Pardonnez-moi d'insister, mais le moindre détail compte.
— Désolée, inspecteur... Tout ce que je peux affirmer, c'est que j'étais terrorisée. J'ai eu beaucoup de chance, c'est certain, mais la peur me reste collée à la peau ! Si je n'ai pas vu l'assassin, lui, il m'a vue ! Et il croit sans doute que je suis capable de l'identifier !
— Rassurez-vous : votre chambre est gardée nuit et jour, et personne ne pourra vous approcher sans l'autorisation de Scotland Yard.
— Mais, un jour, vous cesserez votre surveillance !
— Pas avant d'avoir arrêté l'assassin.

Leonora Fogg tordit l'une des extrémités de son drap à le déchirer.

— Inspecteur... Où se trouve mon mari ?

CHAPITRE XIII

Le regard de Higgins se fit apaisant.

— Pour être sincère, madame, nous espérions que vous nous apprendriez où se trouve Julius Fogg.

— Mais... Il devrait être chez nous ! Et pourquoi n'est-il pas ici, auprès de moi ?

— Je dois vous avouer que votre mari semble avoir disparu.

— Disparu... C'est impossible !

— Le soir du crime, où était-il ?

— Chez son meilleur ami, Adam Binners, un capitaine de navire marchand à la retraite.

— Connaissez-vous son adresse ?

— Une maison de famille à Hartford Village... Enfin, plutôt un domaine. Adam est un homme riche, très riche.

— À votre ton de voix, madame Fogg, on jurerait que vous ne l'aimez guère.

— Détrompez-vous, inspecteur. Mais Adam est un personnage étrange, insaisissable et plutôt mysogine... Et puis il a un penchant trop marqué pour la bouteille.

— Autrement dit, ce n'est pas le genre d'homme que vous aimez fréquenter.

— Nos centres d'intérêt sont plutôt éloignés, c'est

vrai. Mais mon mari apprécie beaucoup Binners, et je ne souhaite pas le contrarier.

L'angoisse creusa les traits du visage de Leonora Fogg.

— Inspecteur... Pour mon mari... Vous me dites bien toute la vérité ?

— Oui, madame. M. Fogg a bel et bien disparu, et nous n'avons encore aucun élément pour retrouver sa piste.

— Mais c'est... impensable ! Julius est un homme très actif, il a chaque jour de nombreux rendez-vous... et il m'aime ! Il devrait être ici, auprès de moi !

— Vous êtes un couple fortuné, semble-t-il.

— C'est vrai, inspecteur. Ma famille m'a légué de nombreux biens, mais Julius ignorait que j'étais riche quand nous nous sommes rencontrés. Ce fut un mariage d'amour, un vrai et beau mariage d'amour. Et Julius a vite démontré sa capacité à faire de nombreuses affaires... Je lui ai confié une petite entreprise qu'il a gérée avec beaucoup de talent, puis une deuxième et une troisième... En fin de compte, je me suis cantonnée aux placements et Julius s'est occupé du développement et des investissements.

— Il circule de vilaines rumeurs sur son compte.

— Lesquelles, inspecteur ?

— Votre mari aurait une passion immodérée pour les jeux de hasard.

— C'est exact... Mais on ne vous a pas tout dit ! Julius ne perd presque jamais, au contraire ! Il a de la chance, mais il sait surtout s'arrêter à temps, contrairement à la quasi-totalité des joueurs. Et c'est pourquoi, au jeu comme ailleurs, il a fait fortune.

De son écriture fine et rapide, Higgins prit des notes sur son carnet noir.

— D'autres vilaines rumeurs, inspecteur ?
— Non, madame. Avez-vous des enfants ?
— Un fils de dix-huit ans, Somerset.
— Étudiant ?
— Un brillant étudiant d'Eton.
— Dans quelle discipline ?
— Mathématiques. Il a l'intention de devenir ingénieur et de courir le monde pour y construire des barrages.
— C'est la période des vacances... Où réside votre fils ?
— 15, Poulved Street. Un appartement que nous lui avons acheté. Un jeune homme ne doit-il pas être indépendant ?
— Votre fils serait-il fiancé ?
— Non, pas encore... Il ne songe qu'à ses études. Et il ne vous apprendra rien, inutile d'aller le voir.
— Et s'il savait où se trouve son père ?
— Impossible, inspecteur !
— Pourquoi, madame ?
— Eh bien... C'est ainsi. Un fils est rarement au courant des activités précises de son père, surtout quand ce dernier est un homme d'affaires. Somerset s'occupe de ses mathématiques, il a sa vie, voilà tout.

Higgins toussota.

— Puis-je vous poser une question affreusement indiscrète, madame Fogg ?
— Essayez toujours.
— Avec M. Fogg, formez-vous un couple... vraiment heureux ?

La jolie brune détourna le regard et se concentra sur la fenêtre de sa chambre.

— C'est une question effectivement indiscrète... et même infamante ! Oui, nous formons un couple très heureux et très uni, et j'en suis fière ! Qu'est-ce qui vous permet d'en douter ?

— Absolument rien.

Leonora Fogg émit un soupir.

— Margaret assassinée, moi sauvée de justesse, mon mari disparu, et à présent vos horribles soupçons... N'est-ce pas excessif, inspecteur ?

— J'en conviens volontiers, madame, mais notre métier présente des aspects parfois rebutants. Traquer la vérité n'est pas si simple.

— Il y a un assassin qui rôde, personne ne sait ce qu'est devenu mon mari, et vous osez me torturer !

Elle porta la main à son front.

— Je ne me sens pas très bien... Appelez le docteur, je vous prie.

— Je m'en occupe. Reposez-vous et reprenez des forces, madame Fogg.

— Inspecteur ! Dès que vous aurez des nouvelles de mon mari, prévenez-moi aussitôt... Et dites-lui de venir. J'ai besoin de lui.

Higgins et Marlow sortirent de la chambre.

Courroucé, le médecin traitant vint à leur rencontre.

— Cet interrogatoire a duré beaucoup trop longtemps ! Vous rendez-vous compte de l'état de ma patiente ?

— Elle a justement besoin de vos soins, docteur, répondit Marlow. Et nous vous tenons pour personnellement responsable de sa santé.

CHAPITRE XIV

Tout en conduisant sa vieille Bentley d'une main habile pour s'extirper d'un monstrueux embouteillage causé par une voiture française qui avait embouti un autobus, Scott Marlow fulminait.

— Cette Leonora Fogg est folle et son témoignage est d'une totale confusion. Que pouvons-nous tirer de ses déclarations incohérentes ?

— Je ne le sais pas encore, avoua Higgins.

— Elle n'a même pas été capable de nous apprendre si l'assassin était un homme ou une femme !

— Si l'agression s'est déroulée comme elle le raconte, son manque de précision est compréhensible.

— Il y a une autre possibilité, estima le superintendant : cette pauvre Mme Fogg est une fieffée menteuse !

— Pensez-vous qu'elle connaît l'assassin et qu'elle ne veut pas nous révéler son identité ?

— S'il s'agit de son mari, tout devient clair. Pour un motif qui reste à découvrir, Julius Fogg tue Margaret, la *housekeeper*. Leonora Fogg est témoin du meurtre, elle demande à son mari de s'enfuir et, de son côté, elle joue les victimes pour égarer les recherches.

— Brillant et intéressant, reconnut Higgins.

— J'ai même songé à une autre reconstitution des faits, poursuivit Marlow : Leonora Fogg nous joue la comédie, et c'est elle, l'assassin.

— Non moins intéressant... Mais pourquoi son mari a-t-il disparu ?

— C'est le point faible de cette seconde théorie, admit le superintendant. La première présente l'avantage d'intégrer toutes les données du problème.

— À moins que Leonora Fogg ne nous ait dit toute la vérité.

Marlow se méfiait de cette jolie brune au charme un peu trop voyant. Et il craignait que Higgins, dont l'ampleur des conquêtes féminines restait une énigme, même pour Scotland Yard, ne succombât à cette magie.

— Elle a pu être choquée, je l'admets... Mais son témoignage est vraiment bizarre !

— Ou bien suprêmement habile. En demeurant dans le flou, elle évite de nous fournir une indication qui nous ferait douter de sa sincérité.

— Tout de même, Higgins, il y a un fait acquis : le cadavre a été déplacé ! Et Leonora Fogg ne nous a parlé que du premier étage.

— Ce détail joue plutôt en sa faveur, reconnaissez-le. Elle ne nous parle peut-être que de ce qu'elle a vécu.

— L'assassin aurait donc déplacé le cadavre après la fuite de Leonora Fogg... Et c'était plus important pour lui que de la poursuivre.

La pluie tombait dru.

La vieille Bentley s'immobilisa devant le pub « La Salamandre et le Dragon ».

Grâce à un parapluie traditionnel qui ne quittait jamais son coffre, Marlow protégea son collègue jusqu'à l'entrée du pub où régnait une atmosphère feutrée, elle aussi traditionnelle.

Higgins et Marlow commandèrent un Lancashire Hot Pot, à savoir des côtelettes d'agneau servies avec des tranches de bacon, des oignons hachés, de la sauce du Worcestershire, des pommes de terre et des carottes. Une pinte de bière faciliterait la digestion.

Le plat était excellent, et le moral du superintendant fut à la hausse.

Higgins demanda au serveur si le patron du pub pouvait venir à leur table.

Apparut un quinquagénaire de petite taille, plutôt frêle et nerveux.

— Vous désiriez me voir, messieurs?

— Inspecteur Higgins et superintendant Marlow.

— Ah... Scotland Yard. Je suppose que vous souhaitez parler de l'affaire Fogg? J'ai déjà tout raconté, mais s'il faut recommencer, je suis prêt.

— Vous prendrez bien un petit alcool?

— Un négociant me livre une framboise dont vous me direz des nouvelles... Un instant.

Anthony White, le patron de « La Salamandre et le Dragon », ne se vantait pas. Son alcool de framboise était effectivement une merveille.

— Vous tenez ce pub depuis longtemps? demanda Higgins.

— De père en fils, inspecteur! Mon père, John White, avait lui-même succédé à son père. C'est un métier difficile, mais passionnant. Et je ne l'échangerais contre aucun autre, même si les clients sont parfois difficiles. Par bonheur, je suis entouré d'une excellente équipe, et nous n'avons jamais eu à déplorer d'incident grave. Lorsqu'un consommateur a un peu trop bu, je le fais discrètement raccompagner chez lui. Avec de la bonne volonté, on arrive à tout ! Êtes-vous satisfait de votre repas, au moins ?

— Votre Lancashire Hot Pot est un petit chef-d'œuvre, déclara Scott Marlow.

— Pour terminer, je vous recommande une tarte à la rhubarbe. C'est un dessert oublié et injustement négligé, mais mon pâtissier vous enchantera le palais, je vous le garantis !

Là encore, Anthony White ne s'était pas vanté. Et le superintendant ne rechigna pas sur une superbe part de tarte qui avait de quoi réjouir les papilles d'un honnête homme.

— La qualité, commenta le patron du pub, voilà ce qui nous sauvera ! Notre époque est devenue complètement folle en ne se préoccupant que de la quantité, au risque de tout dénaturer. Moi, dans mon métier, j'ai choisi l'option inverse. Et tant pis si ce n'est pas toujours facile ! Au moins, on sait pourquoi on se bat.

— Si tout le monde agissait comme vous, observa Scott Marlow, l'empire n'aurait pas disparu.

— Pourriez-vous nous raconter ce qui s'est passé, le soir du drame ? demanda Higgins.

Anthony White devint grave.

— Ah, ce fameux soir... Si je m'attendais à ça ! Une femme affolée, en chemise de nuit, qui fait irruption dans mon pub et s'évanouit dans mes bras ! On a beau dire qu'on s'attend à tout, là, j'en suis resté baba !

CHAPITRE XV

— Vous souvenez-vous des paroles que cette femme a prononcées ?

Anthony White réfléchit.

— « Au secours, à l'assassin »... Quelque chose dans ce genre-là. Moi, j'étais tellement étonné que j'ai dû lui poser une question idiote du style : « Qu'est-ce qui se passe ? » Et elle m'a répondu tout de go : « Elle est morte assassinée, et moi, on a voulu me tuer. » Je n'y comprenais rien, et elle a insisté : « Morte, elle est morte... », avant de s'évanouir dans mes bras.

— Connaissiez-vous cette femme ?

— Non, je ne l'avais jamais vue.

— Je suppose que vous avez appris son nom.

— Pour ça oui ! Depuis l'incident, les journalistes ont fait de mon pub leur quartier général ! Ils me posent des questions, ils interrogent mon personnel et ils annoncent des articles à sensation sur la famille Fogg. Leonora Fogg, c'est le nom de cette jolie brune que j'ai tenue dans mes bras, n'est-ce pas ?

— En effet, monsieur White. Peut-être son mari, Julius Fogg, est-il client de votre établissement ?

— Non, je ne crois pas... Vous pouvez me le décrire ?

Scott Marlow présenta une photographie du disparu que lui avait remise le Yard. Le patron du pub l'examina.

— Non, connais pas.

— À quelle heure Leonora Fogg a-t-elle fait irruption chez vous ? interrogea Higgins.

— Vers vingt et une heures... Ah ! Elle était pieds nus, en chemise de nuit et avait l'air épouvanté.

— Épouvanté, dites-vous ?

— Ah ça oui, inspecteur ! Elle a dû voir le diable, pour le moins.

— Quand elle s'est évanouie, comment avez-vous réagi ?

— J'étais sacrément embêté, vous pouvez me croire ! Heureusement, deux clients m'ont aidé à l'allonger sur une banquette.

— Connaissez-vous leurs noms, monsieur White ?

— Non, mais l'un des membres du personnel les connaît peut-être. À leur allure, ce sont probablement des sportifs.

L'enquête fut de courte durée.

Un serveur indiqua que les deux hommes s'appelaient Tom Jones et Elton Hyk, et qu'ils étaient footballeurs professionnels.

Marlow téléphona aussitôt au Yard pour obtenir leur adresse.

Anthony White avait pris soin de remplir de framboise le verre du superintendant.

— J'oubliais de vous dire que j'ai appelé un médecin, ajouta le patron du pub ; il n'a pas tardé à venir, mais il n'était pas très sympathique. Et lui, il a appelé une ambulance.

— Rien d'autre ?

— Ah si, inspecteur ! Il y a un jeune homme que je

L'AFFAIRE JULIUS FOGG 69

n'avais jamais vu et qui a déclaré qu'il était policier. Et je n'étais pas au bout de mes surprises ! Un de mes vieux clients, Gilbert Kailey, a affirmé que la malheureuse était l'épouse de Fogg, un milliardaire. Puis le policier et Kailey sont sortis du pub pour aller chez les Fogg.

— Pourquoi l'intervention de M. Kailey vous a-t-elle surprise ?

— Il fréquente le pub depuis de nombreuses années, et c'est un homme très discret. Je ne l'imaginais pas intervenir de cette manière.

L'œil de Higgins devint inquisiteur.

— Quelle est la véritable raison de votre étonnement, monsieur White ?

Le patron du pub bredouilla.

— Hmmm... Ce n'est pas trop facile à dire, surtout devant vous.

— Essayez quand même.

— Ça m'ennuie un peu, parce que vous pourriez penser que...

— N'hésitez plus.

— Bon... Mais ça m'ennuie vraiment, parce que j'ai de l'estime pour Gilbert Kailey. C'est un vieux bonhomme bourré de manies, comme l'usage d'un monocle, mais je le trouve sympathique. Mon pub, c'est un peu sa deuxième maison. Quand il a le cafard, il vient ici, et nous parlons de choses et d'autres, sans accorder la moindre importance à nos propos. Kailey est un homme paisible qui s'intéresse à tout, et avec lequel il est agréable de discuter.

— Au fait ! exigea le superintendant.

— Voilà, voilà... Un soir, alors que Kailey avait bu plus que de coutume, il m'a fait une confidence : il a une sainte horreur de la police. La vue d'un uniforme le met mal à l'aise, et s'il ressent une présence policière non loin de lui, il décampe.

— Pour quelle raison ?

— Je l'ignore, superintendant. Kailey ne m'en a pas dit davantage.

— Vous ne l'avez pas questionné ?

— Dans ma profession, ce n'est pas recommandé ; pour rester en bons termes avec les clients, il ne faut pas les importuner avec des questions inutiles.

— Quel était le métier de Gilbert Kailey ?

— Une sorte de haut fonctionnaire, je crois... Il ne parlait jamais de son passé. Mais il a dû recevoir une excellente éducation, ça se voit ! C'est un brave homme, j'en suis sûr. Je n'aimerais pas que les journalistes écrivent des horreurs sur son compte... Déjà qu'ils racontent tout et le contraire du tout à propos des meurtres barbares commis chez les Fogg ! Il paraît qu'on a déjà retrouvé trois cadavres.

— N'écoutez pas les rumeurs, recommanda Scott Marlow.

— Évidemment, vous n'avez pas le droit de révéler la vérité.

— Elle ne tardera pas à être officielle, déclara Higgins. C'est la *housekeeper* des Fogg qui a été assassinée.

Le patron du pub hocha la tête.

— Ce sont toujours les petites gens qui trinquent... Pauvre fille !

— En avez-vous entendu parler ?

— Comment s'appelait-elle ?

— Margaret Chiswick.

— Ça ne me dit rien... Mais je me renseignerai, inspecteur. Et si l'on me signale quelqu'un qui la connaissait, je vous préviendrai.

CHAPITRE XVI

— Plutôt coopératif, ce patron de pub, remarqua Scott Marlow en démarrant. Il est vrai que, dans son métier, il vaut mieux être en bons termes avec la police.

— Faites quand même vérifier ses antécédents.

— J'y pensais, Higgins. À supposer qu'il travaille comme indicateur pour un collègue, il vaudrait mieux ne pas marcher sur ses plates-bandes.

La vieille Bentley roula avec aisance sous la pluie. Scott Marlow ne la bousculait pas, car elle n'appréciait guère l'air pollué de la capitale.

Sous le ciel gris, Higgins songea à *l'Ode à l'Onde*, une œuvre raffinée et peu connue de la grande poétesse Harriett J. B. Harrenlittlewoodrof que les véritables connaisseurs considéraient comme un inévitable prix Nobel de littérature :

> *Sens oubliés des parfums enchanteurs,*
> *Signes enfuis des paroles de pluie,*
> *Heures abolies des fleuves engloutis,*
> *Qui chantera vos avenirs ?*

Poulved Street était une petite rue tranquille, bordée

d'immeubles confortables. Le numéro 15 était un hôtel particulier de trois étages, précédé d'un jardinet soigneusement entretenu.

Marlow sonna à l'interphone.

Une voix éraillée lui répondit.

— Qui est là ?
— Scotland Yard.
— La police ? Mais pourquoi...
— Vous êtes bien Somerset Fogg ?
— Oui, mais pourquoi...
— Nous aimerions vous parler.
— Je ne suis pas obligé de vous ouvrir.
— À votre guise, monsieur Fogg. Nous reviendrons avec les papiers nécessaires pour nous livrer à une perquisition en règle.
— Non, attendez... J'arrive.

Somerset Fogg était un grand gaillard d'un mètre quatre-vingt-dix, très maigre, aux cheveux roux tombant sur des épaules étroites. Il était vêtu d'une chemisette noire et d'un pantalon rouge vif.

— J'aime autant vous préciser tout de suite, messieurs, que je déteste la police sous toutes ses formes. Le seul ordre possible, c'est l'anarchie. Dans la vie, l'ordre n'existe pas. Vous me révélez le motif de votre venue, on discute en vitesse, et je vois si le problème en vaut la peine.

— Un assassinat et une disparition, ça vous suffira ?

L'intervention du superintendant surprit le jeune homme.

— Qui est mort et qui a disparu ?
— Margaret Chiswick, la *housekeeper* de vos parents, a été tuée dans leur hôtel particulier, et votre mère a échappé de peu à l'assassin. Quant à votre père, il est introuvable.

— Ah... Pour des nouvelles surprenantes, ce sont des nouvelles surprenantes ! Bon... Entrez.

— Je suis le superintendant Marlow, et voici mon collègue, l'inspecteur Higgins. Acceptez-vous de répondre à nos questions ?

— Oui, oui, d'accord...

L'univers de Somerset Fogg correspondait à son idéal. Des piles de livres scientifiques un peu partout, des vêtements jetés au hasard sur les chaises et sur les fauteuils, des paires de chaussures posées sur les guéridons et, sur chaque mur du salon, un tableau noir couvert de formules mathématiques.

Et pas un seul siège disponible pour s'asseoir.

Somerset Fogg fixa Higgins.

— Ça vous choque, hein ? Moi, je ne vis pas comme vous, les bourgeois ! Le désordre, c'est le dynamisme de la vie, que ça vous plaise ou non. Et moi, dans mon capharnaüm, je m'y retrouve. Pas besoin d'armoire, de commode ou de lit ! Je dors par terre et je suis en excellente forme. Et si vous voulez boire quelque chose, ce sera du jus de poireau. Pas une goutte d'alcool ne pénètre chez moi.

— Quelle est votre profession ?

— Je suis étudiant à Eton.

— Dans quelle branche ?

— Mathématiques. Ça vous épate, non ? Je devrais être un esprit rationnel et ordonné. Mais les mathématiques, inspecteur, c'est la véritable anarchie ! Grâce à elles, la science règne sur le monde. Et chacun s'incline devant la science, les calculs et les chiffres ; ils incarnent la vérité vraie, absolue, face à laquelle personne n'a le droit ni même l'idée de discuter. Grâce aux mathématiques, on a inventé l'industrie, la guerre mondiale et l'informatique. Et n'importe quel savant débile peut imposer ses conclusions à la société, et ce ne sont pas nos imbéciles d'hommes politiques qui vont l'empêcher d'agir... Au contraire, ils vont faire de lui un expert et ils l'écouteront religieusement !

Somerset Fogg shoota dans un tas de linge sale et fit apparaître une bouteille remplie d'un liquide verdâtre.

— Vous voulez du jus de poireau ?

Les deux policiers déclinèrent la proposition.

— Ça ne me surprend pas... Votre truc, c'est sûrement le whisky et la bière. Dès la mi-journée, vous êtes complètement abruti et, pour vous réveiller, vous continuez à boire cet alcool frelaté qui détruit vos dernières cellules cérébrales... Au fond, c'est réjouissant. La population du globe devient de plus en plus stupide, ce qui permet aux mathématiciens de répandre leur folie sans aucun obstacle. Encore quelques efforts, et nous mettrons cette planète en équation ! Les machines nous donneront de fausses solutions à de vrais problèmes, et nous n'y verrons que du feu ! Quelle belle revanche pour l'anarchie que l'on croyait disparue. Avec leur foi aveugle en la science, les guignols qui nous gouvernent l'ont placée, sans s'en apercevoir, au cœur du système... De quoi hurler de rire ! Dans mes rêves les plus fous, je n'osais pas imaginer pareil triomphe. Et vous pouvez compter sur moi pour enfoncer le clou. Le XXIe siècle sera mathématique, vous pouvez en être certain, et l'humanité aussi !

La gorge sèche, Somerset Fogg versa du jus de poireau dans un gobelet en carton qui n'était plus de toute première fraîcheur et le but avec avidité.

— Il y a un détail qui me trouble, avoua Higgins.

— Lequel ? Allez-y, je suis prêt à tout expliquer.

— Il me paraît impossible que vous ne soyez au courant de rien.

CHAPITRE XVII

Le jeune homme demeura interdit quelques instants, telle une mouche venant de se jeter dans une toile d'araignée.

— Au courant de rien... Mais de quoi devrais-je être au courant ?

— Votre mère ne vous a-t-elle pas appelé, depuis sa clinique ?

— Ma mère ? Vous blaguez !

Scott Marlow fut choqué.

— Votre réaction est plutôt bizarre, mon garçon !

— Ma mère est ma mère, et moi, je suis moi !

— Seriez-vous en mauvais termes avec elle ? interrogea Higgins.

— Ni bons ni mauvais, répondit le rouquin, énervé. Voilà plusieurs mois que nous ne nous sommes pas adressé la parole.

— Pour quelle raison, monsieur Fogg ?

Le rouquin s'empara d'une feuille de papier vierge et fabriqua un avion qu'il envoya à travers le salon.

— Raté... J'espérais aller plus loin. Pourquoi suis-je fâché avec ma mère ? Je n'en sais rien, au juste. Une suite de petites brouilles et d'incompréhensions, le manque de temps... Les études me prennent tout le mien, et je n'ai pas envie de me disperser.

— Savez-vous où se trouve votre père ?

— Non, et je m'en moque !

Avec rage, Somerset Fogg shoota dans un pouf surchargé de chemises contenant des cours de mathématiques. L'ensemble s'écroula, les feuillets s'éparpillèrent sur le plancher.

— Mon père, Julius Fogg ! Mon père... Non, je ne sais pas où il se trouve et je ne veux pas le savoir !

— Pourquoi cette colère ? s'enquit Higgins.

Le mathématicien s'assit, les jambes croisées, comme un scribe.

— Parce que mon père est un type exceptionnel, vraiment exceptionnel... et qu'il est trop occupé pour me voir quand je le désire ! J'ai envie de parler avec lui, d'écouter le récit de ses aventures, de savoir comment il s'y prend pour réussir...

— Et il refuse ?

— Mais non, justement ! Il dit toujours oui, mais il n'a jamais le temps. Quand nous avons rendez-vous, il se décommande au dernier moment et ne comprend pas à quel point il me désespère. Et moi, à chaque fois, je lui pardonne et je le maudis.

— Pourquoi votre père est-il si occupé ?

— Il fourmille de projets et ne cesse d'inventer de nouveaux investissements ! Comme s'il n'en avait pas assez de faire prospérer la fortune de ma mère...

— C'est un reproche ?

— Mon père aurait beaucoup mieux à faire ! Et puis... elle ne le mérite pas.

— Pourquoi dites-vous cela ?

— C'est mon opinion, rien de plus.

— Pourtant, vous profitez de cette fortune.

Le rouquin se rebella.

— Moi ? Mais vous m'insultez !

— À votre âge, vous habitez dans un hôtel particulier où pourrait loger une grande famille et vous jouissez d'une totale indépendance. Grâce à qui, monsieur Fogg ?

Somerset Fogg se mit à arpenter son salon comme un ours en cage.

Puis il se calma et s'assit de nouveau, face aux policiers.

— D'accord, je profite de la fortune de mes parents. Grâce à elle, je peux faire des études à Eton et vivre à ma guise... Mais je paie le prix de cette aisance, non ? D'abord, j'ai d'excellents résultats et je deviendrai un ingénieur de premier plan ; ensuite, j'ai rompu tout contact avec ma mère pour bien lui signifier que je n'étais pas achetable.

— N'est-ce pas une position un peu... radicale ?

— Possible, mais c'est la mienne, et je m'y tiens !

— Votre mère n'a-t-elle pas tenté de l'assouplir ?

— Bien sûr que si, mais je me suis montré intraitable ! Et puis je n'aime pas sa façon de vivre.

— Pourriez-vous être plus clair, monsieur Fogg ?

— Non, inspecteur.

Higgins prenait des notes sur son carnet noir.

— Si vous savez où se trouve votre père, il est temps de nous le dire.

Somerset Fogg leva les yeux vers le plafond.

— Rien... Je ne sais rien.

— Quels sont les loisirs de votre père ? demanda Higgins.

— Un seul : le jeu. Le jeu sous toutes ses formes. Et le mot « loisir » ne convient pas tout à fait... Il le pratique plutôt comme un véritable professionnel ! En plus, il gagne presque tout le temps, à ce qu'il paraît.

— Qui vous l'a dit ?

— Lui-même, et ça l'amuse beaucoup ! Ce qu'il a pu me faire rire en me décrivant la tête des croupiers quand il ramasse la mise et les gains !

— Où vous trouviez-vous lundi dernier, monsieur Fogg ? interrogea l'ex-inspecteur-chef.

— Moi... Je ne m'en souviens plus.

— Répondez, je vous prie.

— Lundi dernier... Je ne vois pas.

— Faites un effort. Un mathématicien a forcément une excellente mémoire.

— Eh bien... j'étais ici, chez moi, pour préparer mon prochain examen. Il s'annonce particulièrement difficile, et je n'ai pas une seconde à perdre si je veux être prêt à temps.

— Avez-vous eu une visite ou un appel téléphonique, ce jour-là ?

— Non... Quand je travaille, je déteste être importuné. Et je ne réponds pas au téléphone.

— Fréquentez-vous un pub qui s'appelle « La Salamandre et le Dragon » ?

— Vous vous moquez de moi, inspecteur ! Jamais je ne fréquenterai ce genre d'endroit où l'humanité s'abrutit et perd toute conscience.

Higgins fit quelques pas, mains croisées derrière le dos.

— Vous devriez peut-être rendre visite à votre mère. Elle a été profondément choquée, et la disparition de votre père doit l'angoisser. Votre présence ne serait-elle pas un réconfort ?

— Je verrai... C'est à moi de décider, et à personne d'autre. Vous n'allez quand même pas me donner des ordres ?

L'attitude de Somerset Fogg décontenançait le

superintendant, épris des valeurs morales de l'époque victorienne qui avaient fait la grandeur de l'empire.

— En conclusion, dit Scott Marlow avec sévérité, vous n'avez aucun alibi pour l'heure du crime.

— Alibi... Crime... Mais je n'ai rien à voir avec tout ça, moi ! Je m'occupe de mathématiques et de rien d'autre !

— Espérons-le, mon garçon. Ne quittez pas Londres sans prévenir Scotland Yard.

CHAPITRE XVIII

Hartford Village, dans le Sussex, était une charmante localité de l'Angleterre traditionnelle, avec ses cottages et ses vergers.

Régénérée par l'air un peu vif, la vieille Bentley avait roulé avec entrain sur les petites routes de campagne, entre les haies dont la verdeur était entretenue par une pluie fine et constante.

Marlow s'arrêta à l'entrée du village, à la hauteur d'un vieux paysan qui promenait son chien, un griffon aux yeux doux.

— Pourriez-vous nous indiquer la propriété d'Adam Binners ?

— Tout droit et à droite, au bout de l'allée de peupliers. Vous ne pouvez pas la manquer.

De fait, la demeure de Binners ne passait pas inaperçue, avec ses deux tourelles crénelées, ses murs de pierre grise égayée par des fenêtres à meneaux et son perron monumental.

À peine Marlow et Higgins descendaient-ils de voiture qu'un domestique en livrée vint à leur rencontre.

— Puis-je aider ces messieurs ?

— Superintendant Marlow et inspecteur Higgins. Veuillez nous annoncer à M. Binners.

— Veuillez patienter. Je vais voir si Monsieur accepte de vous recevoir.

La pluie avait cessé, et des kyrielles de nuages se succédaient à vive allure dans le ciel, comme s'ils se livraient une course vers l'infini. Higgins observa les jeux d'un couple de mésanges qui s'ébrouaient dans un timide rayon de soleil.

Le domestique revint, d'un pas égal.

— M. Binners accepte de recevoir ces messieurs. Si ces messieurs veulent bien me suivre...

Le trio contourna le château pour pénétrer dans un jardin mal entretenu au milieu duquel un homme barbu, de forte corpulence, était vautré dans un hamac et fumait la pipe.

— Il paraît que vous êtes de la police ? demanda-t-il d'une voix grasseyante.

— C'est exact, monsieur Binners, répondit Marlow.

— Qu'est-ce que j'ai encore fait ? Ah, je sais ! C'est encore l'un de ces maudits paysans qui a porté plainte contre moi à cause de cette vieille histoire de terrain, près de la rivière. On n'en finira donc jamais ! C'est bien l'acharnement et la mauvaise foi des terriens. Je l'ai acheté, ce terrain, il est bien à moi, j'ai le droit d'y passer, et je possède les papiers qui le prouvent. Tenez, je vais aller les chercher pour qu'on règle ce problème une fois pour toutes. Mais dites donc... Était-il nécessaire de déplacer un superintendant et un inspecteur-chef pour si peu ?

— Le motif de notre visite est beaucoup plus sérieux, révéla Higgins.

— Ah... Et de quoi s'agit-il ?

— Le nom de Margaret Chiswick vous serait-il familier ?

— Jamais entendu parler, répondit Adam Binners sans hésitation. Qui est-ce?

— La *housekeeper* des Fogg.

— Julius Fogg est un merveilleux ami, mais c'est lui qui vient toujours ici. Moi, je ne suis jamais allé chez lui et je ne connais pas sa *housekeeper*. Que lui est-il arrivé?

— Elle a été assassinée.

— Par tous les démons de l'Atlantique, quelle horreur! Mais... Que puis-je faire pour vous?

— Le drame ne s'arrête malheureusement pas là, poursuivit Higgins. Si Leonora Fogg a pu échapper de justesse à l'assassin, son mari a disparu.

— Julius, disparu? Ça ne tient pas debout!

— Le crime s'est produit lundi dernier. D'après Leonora Fogg, son mari se trouvait chez vous ce jour-là. Vous êtes probablement la dernière personne à l'avoir vu.

Adam Binners s'extirpa avec difficulté de son hamac. Sa corpulence le gênait pour se mouvoir. Il était coiffé d'un *long shore man,* le fameux bonnet en pure laine vierge des marins et des dockers qui, naguère, ne les quittait jamais.

— Quand il fait beau, expliqua Binners, j'aime bien me reposer ici, fermer les yeux et songer à l'époque où je naviguais sur toutes les mers du monde. Ah, messieurs, si vous n'êtes pas marins, vous ne pouvez pas imaginer cette liberté-là! Les terriens sont des infirmes... Ils n'ont aucune idée de la vraie magie, des vrais mirages, des vraies pulsations de la vie! Il n'y a que sur un bateau que l'on peut vraiment prendre la mesure de la petitesse de l'homme et de la grandeur de la nature.

Adam Binners leva les yeux vers le ciel qui s'assombrissait.

— Nous allons avoir une petite averse... Il vaut mieux rentrer.

Le propriétaire des lieux convia les deux policiers à pénétrer à l'intérieur d'une véranda remplie de souvenirs maritimes. des ancres anciennes, des photographies de bateaux célèbres, des cordages, des bouées de sauvetage dédicacées par d'illustres navigateurs.

Le domestique réapparut.

— Whiskey écossais pour tout le monde ? proposa Binners.

Marlow et Higgins acquiescèrent.

— Avant de nous servir, mon ami, dit Adams Binners au domestique, j'aimerais que vous répondiez à quelques questions.

— Bien, monsieur.

— Où étais-je, lundi dernier ?

— La vie privée de monsieur...

— Répondez, je vous en prie.

— Le matin, monsieur est allé se promener dans la campagne. Monsieur a déjeuné dans la grande salle à manger, a fait sa sieste et, vers seize heures, monsieur a reçu ici même, dans cette véranda, M. Julius Fogg.

— Pendant combien de temps ?

— Un peu plus d'une heure. Puis M. Fogg est reparti pour Londres.

— Comment le savez-vous ? interrogea Marlow.

— Parce qu'il me l'a dit, superintendant. En montant dans sa Rolls, M. Fogg a déclaré : « Je retourne à Londres et je ne suis pas en avance. »

— Il ne vous a rien dit d'autre ?

— Rien d'autre, superintendant.

CHAPITRE XIX

Le domestique avait apporté deux bouteilles de whiskey écossais. La mine réjouie, Adam Binners le servit lui-même dans des pintes en grès.

— En mer, si nous n'avions pas ce genre de breuvage, nous ne pourrions pas tenir le coup ! Avec toute cette eau autour de nous, il nous faut un antidote. Bon... Vous avez entendu mon domestique ? Il a dit l'entière vérité, et je préférais que vous l'entendiez de sa bouche avant de l'entendre de la mienne. Comme je suis peut-être la dernière personne à avoir vu Julius Fogg, il est normal que vous me soupçonniez de je ne sais quoi. C'est la raison pour laquelle je préfère mettre les choses au point : Julius est un ami formidable, et le fait qu'il ait disparu est pour moi une véritable catastrophe.

— Vous n'avez pas de famille ? s'étonna Higgins.

— Ah, inspecteur, si vous connaissiez ma vie ! Elle n'est pas banale, c'est le moins qu'on puisse en dire. Mon père était un noble lituanien, et j'étais promis à une existence fastueuse quand la Seconde Guerre mondiale a éclaté. Je naviguais pour mon plaisir, sans savoir que cette distraction allait me sauver la vie. Le château familial a été détruit par les Allemands, mes parents sont morts en combattant et, moi, j'ai eu la chance d'en réchapper en m'engageant comme marin sur un navire russe. On m'a expédié dans une sorte de camp pour réfugiés où l'on mourait comme des mouches, et j'y ai survécu par miracle. C'est un Anglais, un capitaine au long cours, qui m'a donné le courage de continuer. Nous en sommes sortis ensemble, puis nous avons navigué ensemble, et il m'a appris le métier. Et j'ai vraiment tout transporté, depuis les caisses d'armes lourdes jusqu'à des éléphants pour un zoo ! L'âge venant, il a bien fallu regagner la terre. Comme j'avais amassé un peu d'argent, j'ai pu acheter cette propriété.

— Dans quelles circonstances avez-vous rencontré Julius Fogg ?

— C'était au casino de Brighton, il y a une dizaine d'années. Je m'étais promis de rentrer pour la dernière fois dans ce genre d'établissement où j'ai perdu des fortunes. Ce soir-là, comme les autres soirs, j'ai encore perdu, mais j'ai remarqué un homme à la tête sympathique, décontracté, qui gagnait sans arrêt ! J'étais persuadé qu'il allait forcer sa chance et tout reperdre. Mais non... Il s'est arrêté juste à temps. Je ne lui ai pas caché mon étonnement, nous avons engagé la conversation, il m'a offert un verre, et nous sommes devenus les meilleurs amis du monde.

— Venait-il vous voir souvent ?

— Assez souvent, mais de façon très irrégulière. Dès qu'il était surmené, Julius faisait un saut jusqu'ici, et nous bavardions.

— Quels étaient vos sujets de conversation ?

— Tout et rien, inspecteur. Moi, mes souvenirs de mer ; lui, ses souvenirs de jeu, et puis les inépuisables facettes de la comédie humaine, ce qui nous faisait rire, ce qui nous révoltait. Contrairement à moi, Julius avait une sacrée culture ! Il citait volontiers des poètes et parvenait à me réconforter, quand je désespérais trop du genre humain.

— Seriez-vous pessimiste, monsieur Binners ?

— Nos sociétés ont perdu le sens de la grandeur, inspecteur ! Nous sommes gouvernés par des gagne-petit, des économistes à la vue basse et de sinistres casse-pieds !

— Ce lundi, Julius Fogg s'est-il comporté comme à son habitude ?

Le marin réfléchit.

— Oui... Je n'ai rien noté d'anormal. Il avait pris une décision qui m'attristait : il ne jouerait plus au tennis. Quand j'étais moins gros, nous avions disputé quelques parties, et il me battait toujours. Frapper dans la balle, ça le détendait. Mais il souffrait trop des cervicales pour continuer. Et bien qu'il se soit fait fabriquer des raquettes spéciales qui lui avaient coûté une fortune, il n'y toucherait plus. Il lui restait la course à pied et la gymnastique douce.

Binners, qui avait déjà vidé la moitié d'une bouteille de whiskey à lui tout seul, s'en resservit une pinte.

— Il y a deux mois, environ, Julius m'avait fait une drôle de confidence. Il comptait se rendre en Italie pour y voir un chirurgien. Comment s'appelait-il déjà... Fariano, Furliano, un nom comme ça. Un type célèbre et très réputé, paraît-il.

— Vous avez dû vous inquiéter.

— Vous pensez bien que oui ! « Les chirurgiens anglais ne vous suffisent-ils pas ? » lui ai-je demandé. Julius a eu une réaction étonnante : il a éclaté de rire ! « Ne t'inquiète pas, m'a-t-il affirmé, je ne souffre d'aucune maladie grave. — Alors, pourquoi voir un chirurgien ? — Tu le sauras bientôt et tu seras le premier averti », m'a-t-il prévenu. J'ai essayé d'en savoir davantage, mais il m'a obligé à forcer sur le whiskey, et nous avons changé de sujet.

— Julius Fogg vous paraissait-il malade ?

— Honnêtement non... Il a toujours joui d'une excellente vitalité et courait d'un endroit à l'autre sans la moindre fatigue. Plus Julius s'active, plus il est en forme.

— Et il ne vous avait jamais parlé de ce chirurgien italien ?

— Jamais.

— Considérez-vous M. Fogg comme un être secret ?

— Non, car il n'a rien à cacher ! Enfin, pas grand-chose.

— Et ce « pas grand-chose », dit Higgins avec un petit sourire, vous le connaissez ?

— Plus ou moins, inspecteur.

— Plutôt plus que moins, j'ai l'impression, puisque vous êtes son meilleur ami et, probablement, son confident.

Le marin bougonna.

— Si on veut...

— Je comprends votre désir d'être discret, monsieur Binners, mais je ne vous cacherai pas que le superintendant Marlow et moi-même sommes inquiets sur le sort de Julius Fogg. Depuis qu'un meurtre a été commis dans son hôtel particulier, il n'a plus donné signe de vie.

Adam Binners sursauta.

— Suggérez-vous qu'il s'est enfui parce qu'il est... l'assassin ?

— Nous ne pouvons pas exclure cette hypothèse.

— Alors là, inspecteur, vous n'y êtes pas du tout ! Si vous aviez croisé Julius, ne serait-ce qu'un instant, cette idée vous paraîtrait complètement absurde ! Julius était le plus doux des hommes, il adorait les animaux, il ne touchait même pas à un insecte. Mais pourquoi parler à l'imparfait... Il est toujours vivant, il faut qu'il soit toujours vivant !

— Où pourrait-il se cacher ?

Le marin bourra une pipe de tabac noir, l'alluma et tira une longue fumée.

— J'ai une petite idée, avoua-t-il.

CHAPITRE XX

— J'ai une petite idée, répéta Adam Binners, mais les confidences d'un ami, ça ne se trahit pas.
— En cas d'urgence, objecta Higgins, il faut savoir sauter certaines barrières. Vos révélations pourraient sauver la vie de Julius Fogg.
— S'il se trouve là où je pense, il ne risque vraiment rien ! Quoique...
Le marin s'assombrit et murmura :
— Évidemment, si elle a la même idée que moi et si elle le retrouve là-bas...
Higgins laissa son interlocuteur en proie à un intense débat intérieur. Il ne convenait pas de l'importuner en cet instant critique.
— Si je vous dis ce que je sais, inspecteur, et si je ne me trompe pas, Julius va beaucoup m'en vouloir. Ce sera sans doute une brouille définitive... D'un autre côté, si l'autre harpie a tiré les mêmes conclusions que moi, elle risque d'être dangereuse et de faire du dégât...
— La harpie en question serait-elle Leonora Fogg ?
Le marin regarda Higgins avec des yeux étonnés.
— Vous êtes un rapide, vous !

— J'ai le sentiment très net que vous n'appréciez guère l'épouse de votre ami Julius.

— Je ne peux pas la souffrir ! Mais pourquoi Julius a-t-il épousé une peste pareille ? En réalité, c'est elle qui a exigé le mariage, parce qu'elle avait repéré le bon numéro. Moi, j'ai connu des dizaines de femmes pendant ma chienne de vie, mais j'ai eu la sagesse de ne jamais me marier. Si j'avais connu Julius à l'époque où il s'est fait piéger, je l'aurais arraché aux griffes de cette Leonora.

— N'était-elle pas une femme fortunée et Julius Fogg un jeune homme sans ressources ? questionna Scott Marlow.

— Si, superintendant, mais qu'est-ce qu'une fortune sans quelqu'un de compétent pour la gérer ? Leonora était une riche héritière, d'accord, mais sans talent ni intelligence. Abandonnée à elle-même, elle aurait tout dilapidé, comme n'importe quelle cocotte mondaine. Julius était pauvre, mais chanceux, habile et inventif. Elle l'a épousé pour le mettre à l'essai, cette garce ! Et comme il a réussi au-delà de toute espérance, elle l'a gardé ! Grâce à lui, elle est devenue vraiment riche.

— Et Julius Fogg aussi, par la même occasion.

— Exact, mais il s'en moquait. Sa vraie passion, c'est le jeu. Qu'il joue avec des cartes, des dés ou des millions de livres sterling à investir ici ou là, Julius ne songe qu'à s'amuser. Et comme il est complètement décontracté et mène sa barque de manière irrationnelle, il gagne ! Et l'autre, la Leonora, en profite sans faire le moindre effort.

— Julius Fogg émettait-il des critiques sur sa femme ?

— Pas la moindre. C'est un type adorable, je vous

dis... Il n'y a aucune méchanceté dans son cœur. Même si elle le persécutait, il ne protestait pas.

— Et... le persécutait-elle ?

— Sûrement, mais il ne me l'a pas confié.

— Un divorce aurait-il été possible ?

— Non, je ne crois pas... Leonora tenait à Julius, un homme d'affaires incomparable, et Julius n'aurait voulu causer aucune peine à Leonora.

— Si je vous suis bien, énonça Higgins, on ne peut pas soupçonner Leonora Fogg d'avoir assassiné son mari et d'avoir dissimulé le corps.

— Leonora est une peste et une harpie, mais elle est loin d'être stupide ! Pourquoi aurait-elle supprimé l'homme qui lui donnait ce qu'elle aimait le plus : l'argent ? Non, ça ne tient pas debout !

— En ce cas, il ne reste sans doute qu'une seule explication : la *housekeeper* Margaret Chiswick était devenue la maîtresse de votre ami Julius Fogg. Dans les bras de cette femme, il oubliait les difficultés de l'existence. Malheureusement pour lui, Margaret Chiswick était une femme intéressée et elle a décidé de le faire chanter. M. Fogg a dû être abasourdi... Et comme il n'a trouvé aucun moyen de sortir de cette situation, il a fini par assassiner Margaret Chiswick. Sa femme Leonora fut le témoin du drame et elle lui a conseillé de s'enfuir et de se cacher jusqu'à ce que l'enquête s'éteigne.

— Impossible, estima Adam Binners. Impossible pour deux raisons : la première, c'est que Julius Fogg est incapable de violence. Si vous ne l'admettez pas, vous ne trouverez pas la solution de l'énigme. La seconde... La seconde, c'est que cette Margaret Chiswick n'était pas la maîtresse de Julius.

— Pourquoi en êtes-vous si sûr ? interrogea Higgins.

— Parce qu'il me parlait souvent de sa véritable maîtresse.

Un long silence succéda à cette déclaration.

— Acceptez-vous de nous donner son nom? demanda Higgins.

— Je n'ai plus tellement le choix... Elle s'appelle Veronica Guilmore.

— Son adresse?

— Elle habite Londres et elle est hôtesse de l'air. Je suppose que vous n'aurez aucune difficulté à la trouver.

— Et ce serait chez elle que se dissimulerait Julius Fogg, d'après vous?

— C'est ma petite idée, en effet.

— Mais pour quelle raison, s'il n'a commis aucun acte répréhensible?

— Je ne vois pas, inspecteur.

— Julius Fogg vous parlait donc souvent de cette femme?

— Assez, oui. Il a beaucoup d'affection pour elle, parce qu'elle est gentille et tendre. Bref, tout le contraire de Leonora.

— Quelles furent ses autres confidences?

— D'après lui, Veronica est très belle, et le simple fait de la voir embellissait sa journée.

— Leonora Fogg avait-elle découvert cette liaison?

— J'espère que non, mais avec une fouineuse pareille... C'est pourquoi j'ai préféré vous dire la vérité. Si elle l'a effectivement découverte et si elle sait où habite Veronica, elle est capable de les tuer tous les deux.

— Grave accusation, monsieur Binners; Leonora Fogg serait-elle une femme capable d'une telle violence?

— Elle est prétentieuse et susceptible. Se savoir trompée lui serait insupportable !
— Merci pour votre coopération, monsieur Binners.

CHAPITRE XXI

La puissante machine de Scotland Yard se mit au travail et obtint rapidement le renseignement demandé : il existait bien une Veronica Guilmore, elle était bien hôtesse de l'air à la compagnie British Airways, et elle habitait bien Londres, dans Oakley Street, au cœur de Chelsea.

Scott Marlow avait mis en place un important dispositif : deux voitures banalisées pour boucher les deux extrémités de la rue, l'une donnant sur King's Road, l'autre sur Chelsea Embankment et Albert Bridge. Cinq inspecteurs en civil se posteraient à différents endroits de la rue, après s'être assurés qu'il n'existait aucune autre issue que la porte d'entrée de la petite maison à deux étages, peinte en bleu, dont l'hôtesse de l'air occupait le rez-de-chaussée.

— Si Julius Fogg se cache chez sa maîtresse, comme c'est probable, il ne sera pas forcément une proie facile, estima le superintendant. On ne se cache pas sans raison... Quoi qu'en dise son ami Binners, Fogg est mêlé à ce crime d'une manière ou d'une autre. Je redoute qu'il ne prenne sa maîtresse en otage pour nous échapper. Une éventualité cauchemardesque...

— Comment comptez-vous procéder ? demanda Higgins.

— J'hésite encore... Investir la maison en force est peut-être la solution la plus simple, mais supposons que Fogg soit armé. Vous imaginez des blessés, peut-être des morts...

— C'est trop risqué.

— Que proposez-vous, Higgins ?

— Je sonne. Si c'est Veronica Guilmore qui vient m'ouvrir, je la fais sortir de chez elle et vos hommes la mettent immédiatement à l'abri. Il ne restera plus que Fogg à l'intérieur. Soit nous parvenons à le convaincre de se rendre sans violence, soit nous serons obligés d'organiser un siège.

— Et si c'est Julius Fogg qui vient ouvrir ?

— Je tenterai de le maîtriser.

— C'est extrêmement dangereux, Higgins ! S'il se sent menacé, il pourrait tirer et...

— Ce sont les risques du métier, mon cher Marlow.

— Mais vous n'êtes pas habitué à la violence et au combat de rue !

— Rassurez-vous, je ne suis pas vaincu d'avance.

Combien de peintres, avec ou sans talent, avaient trouvé l'inspiration dans le paisible quartier de Chelsea, si prisé des Tudor ? Et les écrivains, le poète Swinburne à leur tête, n'étaient pas restés à l'écart. Certes, on avait jadis célébré beaucoup de fêtes quelque peu licencieuses dans les belles demeures de Chelsea, et le quartier avait longtemps souffert d'une réputation sulfureuse. Mais les magasins chics avaient transformé Chelsea en un endroit élégant et de bon ton.

Très élégant dans son costume croisé bleu nuit dû à l'habileté de son tailleur personnel œuvrant chez Stovel and Mason, l'ex-inspecteur-chef Higgins ressemblait davantage à un gentleman en promenade qu'à un policier en mission. Parfumé avec de l'eau de toilette Jubilée Bouquet, de chez Penhaligon's, à la très fine senteur de feuilles de noyer froissées, sa moustache poivre et sel impeccablement lissée et taillée, Higgins appréciait la douce température de huit degrés qui rendait la marche des plus agréables.

Pendant son adolescence en Orient, Higgins avait appris à maîtriser la peur. Il la ressentait, comme tout un chacun, mais elle était domestiquée, réduite au silence, et ne l'empêchait ni de réfléchir ni d'agir. Et si c'était la mort qui l'attendait derrière la porte de Veronica Guilmore, il faudrait l'accueillir avec la sérénité d'un homme qui avait passé sa vie à lutter contre le crime. Certes, Higgins avait conscience que son action n'était qu'une goutte d'eau dans l'océan ; mais, au moins, il quitterait ce monde après avoir toujours tenté d'agir en rectitude, en refusant obstinément de s'incliner devant le mal et le mensonge.

Higgins sonna.

Une trentaine de secondes plus tard, la porte s'ouvrit sur une jeune femme blonde qui semblait sortir d'un tableau de la Renaissance italienne.

— Vous désirez ?

— Je suis l'inspecteur Higgins, de Scotland Yard. Mademoiselle Veronica Guilmore, je présume ?

— Oui, en effet... Mais que me veut la police ?

— Puis-je entrer et vous poser quelques questions ?

— Si vous voulez, inspecteur.

— Mon collègue, le superintendant Marlow, aimerait participer à cet entretien, si vous n'y voyez pas d'inconvénient.

— Non, aucun.

Higgins se tourna sur sa gauche et fit un signe discret qui déclencha l'arrivée précipitée du superintendant.

— Mais enfin, Higgins ! La procédure...
— Mlle Guilmore nous réserve le meilleur accueil.
— Vous êtes sûr que...
— Entrons, mon cher Marlow.

Veronica Guilmore introduisit les deux policiers dans un délicieux salon où prédominait une teinte vert d'eau, tout à fait apaisante. Le galbe des fauteuils, les formes de la commode surmontée d'un miroir vénitien, l'élégance de tentures légères faisaient de cette pièce un havre de paix.

Élancée, vêtue d'un chemisier jaune or et d'une jupe carmin, Veronica Guilmore avait un visage ovale, aux traits d'une remarquable finesse. Elle n'avait pas dû franchir depuis longtemps l'étape de sa vingtième année.

— Je vous avoue, messieurs, que je suis extrêmement étonnée... Pour la première fois de ma vie, je suis en présence de deux policiers de haut rang et j'ignore la raison de cette rencontre inattendue !
— Vous êtes bien hôtesse de l'air, mademoiselle ?
— Oui, inspecteur... Mais je n'ai commis aucune faute grave dans mon travail !
— Rassurez-vous, nous ne sommes pas mandatés par votre employeur.
— J'ai une contravention à payer, mais...
— Connaissez-vous Julius Fogg, mademoiselle ?

Les yeux bleus de la jolie hôtesse ne vacillèrent pas.

— Oui, bien sûr.
— Se trouve-t-il chez vous, en ce moment ?
— Vous voulez dire... Habite-t-il ici ? Bien sûr que

non! Julius est un homme très riche qui possède un bel hôtel particulier.
— Pardonnez-moi cette brutalité, mademoiselle : êtes-vous bien la maîtresse de Julius Fogg ?
— Moi ? Mais pas du tout !

CHAPITRE XXII

Higgins admira la superbe glace vénitienne.
— XVIIe siècle... Un trésor de famille ?
— Oui, inspecteur, répondit Veronica Guilmore. Ma mère collectionne les glaces anciennes, et elle m'a fait cadeau de celle-ci.
La jolie blonde aux yeux bleus s'assit avec grâce sur le bord d'une bergère.
— Pourquoi cette visite, inspecteur ?
— Julius Fogg a disparu.
— Disparu... Mais ça n'a aucun sens !
— Savez-vous où il se trouve ?
— Chez lui, probablement.
— Y êtes-vous allée ?
— Bien sûr que non, inspecteur ! Julius est un ami, et je n'ai pas à troubler son existence.
— Autrement dit, vous savez qu'il est marié.
— Bien entendu.
— Vous a-t-il parlé de son épouse ?
— Bien sûr que oui ! Il l'estime beaucoup.
— N'a-t-il pas évoqué un éventuel divorce ?
— Pas du tout ! Julius est marié depuis longtemps et il connaît un bonheur parfait.

— A-t-il fait allusion à un prochain départ pour l'étranger ou à un quelconque projet un peu bizarre ?
— Non, inspecteur.
— Et vous n'avez jamais rencontré sa femme ?
— Jamais.
— Julius Fogg ne vous donnait donc pas l'impression d'un homme fatigué de son existence et désireux d'en changer.
— Vraiment pas ! La vie lui apparaît comme un jeu aux perpétuels rebondissements qui ne cessent de l'amuser. Julius est un enfant ou, plutôt, un adulte qui a su garder son âme d'enfant. C'est très beau et très émouvant, et ce n'est pas la moindre de ses qualités.
— Comment avez-vous rencontré Julius Fogg ?
— De la manière la plus banale et la plus ridicule qui soit, lors d'un voyage en avion. J'ai renversé du jus d'orange sur le pantalon de M. Fogg et j'étais rouge de honte, ne sachant comment réparer cette grossière erreur qui aurait pu me coûter mon poste. Au lieu de m'accabler, Julius s'est montré charmant. Il m'a réconfortée et invitée à dîner. Une soirée délicieuse, au cours de laquelle il a réussi à me faire rire avec ses histoires drôles sur la prétention des Français. Nous avons décidé de nous revoir, pour le plaisir de converser en toute liberté.
— Pardonnez-moi d'insister, mademoiselle, mais quelle était la nature exacte de vos relations ?
— L'amitié, inspecteur ! Une amitié sincère et profonde qui se renforçait au fil du temps. J'aurais pu être sa fille, mais il ne me traitait pas ainsi ; j'aurais pu devenir sa maîtresse, mais nous n'éprouvions ni attirance physique ni émoi sentimental l'un envers l'autre. L'amitié... Voilà ce qui nous réunit ! C'est une expérience magnifique, tellement enrichissante. Je suis

certaine qu'elle durera jusqu'à la fin de nos jours. Comme la plupart des gens, je ne croyais pas qu'elle était réalisable entre une femme jeune et un homme mûr, mais je me trompais. Il est vrai que Julius est un être d'une sensibilité rare, si attentif à autrui ! Sa culture est immense, mais il ne l'étale pas et sait se comporter avec une modestie dont il n'a pas lui-même conscience.

— Quand avez-vous vu Julius Fogg pour la dernière fois ?
— Il y a une quinzaine de jours.
— Ici même ?
— Oui.
— Aviez-vous d'autres lieux de rendez-vous ?
— Non, inspecteur. Julius aime beaucoup mon appartement et il ne veut aller nulle part ailleurs. D'habitude, il me prévient la veille, et si je ne suis pas en vol, je suis heureuse de l'accueillir. Bien que je ne sois pas une excellente cuisinière, je lui prépare un bon petit plat, et nous dégustons la bouteille de vin français qu'il apporte. Ce sont des moments exquis, un peu hors du temps. Une sorte de miracle qui se renouvelle à chaque fois.
— Avez-vous fréquenté un pub qui s'appelle « La Salamandre et le Dragon » ?
— Non, inspecteur.
— Je suppose que Julius Fogg vous a parlé de son meilleur ami ?

Veronica Guilmore hésita.
— Non.
— Le nom d'Adam Binners vous est-il inconnu ?
— Oui, inspecteur.

Higgins tourna une page de son carnet noir.
— Et celui de Margaret Chiswick ?

— Également, inspecteur...

La voix de l'hôtesse de l'air avait tremblé.

— Inspecteur, qu'est-ce qui se passe vraiment ? Vous faites irruption chez moi, vous m'interrogez, vous...

— M. Fogg a disparu et nous le recherchons.

— Soyez franc : le mot « disparu » signifie-t-il que...

— Pour le moment, il signifie simplement que Julius Fogg est introuvable.

— Sa femme ne sait-elle pas où le trouver ?

— Elle a échappé de peu à une tentative de meurtre et a été hospitalisée.

— Un meurtre ! Qui est la victime ?

— Margaret Chiswick, la *housekeeper* des Fogg.

— Ah... Je comprends pourquoi vous avez cité son nom. Et cet Adam... Adam Binners, est-il mêlé à ce drame ?

— Non, il est le meilleur ami de Julius Fogg. Ce dernier ne vous a-t-il pas parlé de son fils, Somerset ?

— J'ignorais qu'il en avait un, inspecteur.

— M. Fogg vous récitait-il des poèmes ?

— Oh oui ! Il connaissait des milliers de vers, surtout romantiques, qui vantent les beautés de la nature et les paysages du bout du monde. De plus, il les récitait très bien, avec une voix envoûtante. Je l'aurais écouté pendant des heures.

— Vous n'avez vraiment aucune idée de l'endroit où pourrait se cacher Julius Fogg ?

— Si c'était le cas, inspecteur, je n'hésiterais pas à vous le dire !

— Étiez-vous au travail, lundi dernier ?

— Non, de repos.

— Ici ?

— Oui.
— Vous n'avez pas vu Julius Fogg, ce jour-là ?
— Non.
— Et il ne vous a pas téléphoné ?
— Non plus... Retrouvez Julius, inspecteur, je vous en prie !

CHAPITRE XXIII

— Impossible de croire cette fille, Higgins ! s'exclama le superintendant en doublant une Peugeot qui se traînait. Elle est jolie, intelligente et charmeuse... La maîtresse idéale pour un homme comme Julius Fogg ! Sa comédie est parfaitement au point, mais ça ne prend pas !

— L'amitié est le plus mystérieux des sentiments, estima Higgins. Parfois, il unit des êtres tout à fait dissemblables.

— Entendu, mais dans ce cas-là, ce serait trop beau ! Et comme par hasard, cette Veronica Guilmore n'a aucun alibi pour le jour du meurtre !

— Si elle a menti, comment reconstituez-vous les faits ?

La vieille Bentley avait pris la direction de Scotland Yard.

— Il est évident que Julius Fogg ne supportait plus sa femme et qu'il avait pris la décision de la quitter. Mais Leonora Fogg ne l'entendait pas de cette oreille, car elle a besoin de son mari comme homme d'affaires... Alors, une seule solution pour Julius Fogg : disparaître, avec la complicité d'une hôtesse de l'air qui lui a déniché un coin parfaitement tranquille, loin de l'Angleterre. Elle ira le rejoindre dès que possible.

— C'est compter sans la ténacité du Yard.

— Vous avez raison, Higgins ! Je mets Veronica Guilmore sous surveillance permanente. C'est elle qui nous conduira à Julius Fogg.

— Comment rattachez-vous cette histoire d'amour à l'assassinat de Margaret Chiswick ?

— Il n'y a peut-être aucun rapport entre les deux...

— Vous n'y croyez pas vous-même, mon cher Marlow.

Le superintendant marmonna.

— C'est vrai, Higgins, c'est vrai...

— Supposons que Veronica Guilmore ait dit la vérité et qu'Adam Binners se soit trompé sur la nature de ses relations avec Julius Fogg... En ce cas, rien n'empêchait Julius Fogg de prendre pour maîtresse sa *housekeeper*.

— Et nous revenons à votre théorie du chantage qui fait de Julius Fogg un assassin et de son épouse Leonora sa complice. Non, ça ne colle pas ! Je ne parviens pas à croire que cette hôtesse de l'air soit une jeune femme pure et immaculée ! En tout cas, il n'y a que deux solutions : ou bien Julius Fogg est coupable, ou bien c'est une victime. Et tant que nous ne l'aurons pas retrouvé, nous ne connaîtrons pas la vérité.

— Nous avons encore plusieurs pistes à explorer.

— Auxquelles donneriez-vous la priorité ?

— La Rolls et l'Italie.

Malgré une panne informatique qui perturbait tous les services du Yard, la lourde machinerie investigatrice continuait à fonctionner tant bien que mal avec les moyens du bord.

Dans un premier temps, il avait fallu vérifier que

Julius Fogg possédait bien une Rolls-Royce et trouver son numéro d'immatriculation. Ce résultat obtenu, on avait tenté de localiser la voiture elle-même à Londres puisque, selon les dires du domestique d'Adam Binners, Julius Fogg était retourné dans la capitale après s'être entretenu avec son ami.

Échec total.

Scott Marlow avait eu une idée : la plaque d'immatriculation n'aurait-elle pas été maquillée et le véhicule repeint ?

Une seule solution : vérifier une à une toutes les Rolls circulant dans la capitale, avec d'infinies précautions pour ne pas vexer leurs propriétaires, tous des personnalités influentes qui auraient tôt fait de dénoncer les provocations policières.

Après avoir arraché l'accord de ses supérieurs, le superintendant avait déployé ses forces sur le terrain.

Buvant café sur café, il attendait.

En face de lui, mal assis sur une chaise métallique moderne, Higgins lisait un traité de sagesse de l'Égypte ancienne que lui avait offert Malcolm Mac Cullough, l'un des membres de son club archéologique qui se réunissait officiellement pour étudier de vieilles choses précieuses et qui se consacrait réellement à l'étude approfondie de grands crus millésimés et de la cuisine traditionnelle.

Le téléphone sonna.

Le superintendant décrocha d'un geste rageur.

— Oui, Marlow... Ce n'est pas trop tôt ! Alors, vous l'avez retrouvée ? Non... Comment, non ? Bon, laissez tomber.

Il raccrocha, tout aussi rageur.

— Rien de rien, Higgins, sauf deux incidents avec des diplomates qui se plaindront au grand patron du Yard.

— De ce côté-là, soyez sans crainte : il n'accorde aucune importance à ce genre de jérémiades.

— Une Rolls, tout de même, ça ne disparaît pas aussi facilement !

— Londres est une grande ville, superintendant. Elle est peut-être cachée dans un garage.

— Fouiller toutes les cachettes possibles nous prendra des années ! Mais dites donc, Higgins... La disparition de cette Rolls confirme que nous sommes en présence d'un coup bien préparé. Ce Julius Fogg aime peut-être réciter des poésies, mais j'ai l'impression qu'il sait parfaitement s'organiser pour échapper à la police et qu'il avait vraiment tout prévu.

— N'oubliez pas de diffuser le signalement de la voiture et sa plaque d'immatriculation dans tout le pays. Peut-être Fogg a-t-il changé d'avis et ne s'est-il pas rendu à Londres.

Marlow martyrisa un trombone.

— De deux choses l'une... Ou bien Fogg a menti en affirmant qu'il retournait à Londres, ou bien quelqu'un lui a fait changer d'avis et l'a attiré autre part, dans un endroit d'où il n'est pas revenu...

— A-t-on des nouvelles du chirurgien italien ?

— Je vais les secouer un peu.

Le superintendant n'eut pas besoin d'intervenir, car un planton lui apporta une fiche.

— Nous avons le nom et l'adresse du praticien, Higgins : il se nomme Gianfranco Farlano et habite Florence.

— A-t-il une spécialité ?

— Oh oui, une spécialité des plus intéressantes : il est chirurgien esthétique.

CHAPITRE XXIV

Higgins était retourné à The Slaughterers pour y prendre un nécessaire de voyage et, surtout, pour s'assurer que Trafalgar était en bonne santé. En son absence, il soupçonnait Mary de gaver le siamois et de céder à ses caprices culinaires.

Quand Higgins avait été contraint d'apprendre à Mary qu'il partait pour un court séjour en Italie, cette dernière avait émis une vive réprobation. À l'exception des corps expéditionnaires, des diplomates et de quelques aventuriers douteux, quel Anglais pouvait avoir envie de quitter l'Angleterre ? Que le Yard fût un repaire de bandits, comme l'affirmait *The Sun,* le journal à scandales préféré de la gouvernante, Mary n'en doutait plus depuis longtemps ; mais que Higgins se transformât en romanichel, voilà qui dépassait les bornes.

L'ex-inspecteur-chef fut obligé d'expliquer qu'il agissait pour la bonne cause et que ce déplacement, aussi bref que possible, lui permettrait sans doute de lever le voile sur une énigme criminelle. Peu convaincue, Mary accepta néanmoins une trêve et prépara une sublime fricassée de champignons.

— À propos, dit-elle, il y a du courrier pour vous... Je l'ai posé sur votre fauteuil chinois.

Trafalgar pelotonné sur ses genoux et ronronnant avec béatitude, l'ex-inspecteur-chef prit connaissance des lettres qui lui étaient adressées.

Factures, prospectus, invitations mondaines... Rien d'intéressant, sinon un rayon de soleil : une lettre de la grande amie française de Higgins, une professeur de lettres qui résidait dans la charmante et secrète cité de Pézenas, l'une des perles du Sud-Ouest. Écrivant dans une langue admirable, elle lui décrivait les enchantements de l'automne occitan avec une poésie rare.

— Vos chemises sont repassées, annonça Mary. Vous en emporterez une dizaine, plus deux cache-col. Dans ces pays-là, on ne sait jamais quel temps il fait, et vous risquez de vous enrhumer.

Higgins savait que Mary désapprouvait cette liaison épistolaire avec une étrangère, française de surcroît. Mais cette correspondance était un espace de bonheur qu'il défendrait pied à pied.

— Il ne faudrait pas perdre tout votre temps à lire, suggéra Mary ; les avions ont des horaires précis et ils n'attendent pas les retardataires.

L'ex-inspecteur-chef caressa doucement le siamois.

— Tu sais, Trafalgar, c'est une affaire qui semble compliquée... En tout cas, elle est assez étrange. Et je ne suis pas sûr qu'une analyse strictement rationnelle nous conduira à la vérité.

Le siamois leva vers Higgins des yeux à la fois énigmatiques et remplis d'affection.

Un vent frais soufflait sur Florence, et le cache-col n'était pas superflu pour déambuler dans les rues de la vieille ville, dont chaque pierre était marquée au sceau de l'Art et de l'Histoire.

Marlow et Higgins avaient été fort bien reçus par un policier italien de haut rang auquel ils avaient exposé sommairement l'affaire Julius Fogg, en lui donnant les raisons qui motivaient leur présence à Florence.

Le fonctionnaire avait écouté les deux Anglais avec la plus grande attention et avait tiré la même conclusion qu'eux de l'analyse des faits : un interrogatoire du docteur Farlano s'imposait. Aussi avait-il accepté d'aider sans délai les hommes de Scotland Yard.

Le chirurgien résidait dans un ancien palais entièrement restauré, au bord de l'Arno. Ce fut une secrétaire blonde et fine, ressemblant à une Vierge de Fra Angelico, qui accueillit les trois policiers.

— Vous désirez, messieurs ?

— Police, dit l'Italien. Nous voulons voir le docteur Farlano.

— C'est un peu délicat... Il est en consultation.

— Prévenez-le de notre présence et qu'il abrège. Nous devons lui poser quelques questions.

La jeune femme appela son patron.

— Excusez-moi, docteur, je sais que vous ne voulez pas être dérangé, mais c'est la police... Oui, ici... Oui, immédiatement.

La secrétaire raccrocha.

— Le docteur termine sa consultation, messieurs. Il vous prie de patienter un moment.

La patience ne semblait pas être le fort du policier italien, qui arpenta le hall avec nervosité.

Higgins jeta un œil au-dehors par la grande fenêtre munie de barreaux qui donnait sur la rue.

Il vit un homme en blouse blanche, d'une cinquantaine d'années, qui courait à toutes jambes.

— J'ai l'impression que notre bon docteur est en train de prendre la fuite.

Le sang de son collègue italien ne fit qu'un tour : avec une vivacité remarquable, il sortit du palais et s'élança à la poursuite du fuyard.

Moins de cinq minutes plus tard, il était de retour, poussant devant lui l'homme en blouse blanche.

— C'est bien votre patron ? demanda-t-il à la secrétaire.

— Oui, oui, répondit-elle, affolée.

— Allons dans votre bureau, docteur. Vous allez nous expliquer pourquoi une visite de la police déclenche une telle réaction de votre part.

Gianfranco Farlano s'affala dans son fauteuil. Son beau visage de praticien fortuné était franchement chiffonné.

— Pardonnez-moi, c'est idiot... Je... je ne m'explique pas moi-même.

— Assez d'idioties : la vérité, et tout de suite.

Le chirurgien était au bord des larmes.

— Écoutez, il faut comprendre... La chirurgie esthétique est une discipline tout à fait scientifique et parfaitement au point, mais c'est tout de même de la chirurgie... Il y a forcément une part de risque, même si l'on contrôle la technique, comme c'est mon cas depuis plusieurs années.

— Qu'est-ce que vous essayez de nous faire comprendre ?

— Un accident... Un accident est toujours possible ! J'aurais dû le déclarer immédiatement, j'en conviens, mais j'étais débordé par d'autres interventions, et je n'aurai aucune peine à prouver qu'il s'agissait bien d'un malheureux accident.

— Un patient est mort sur votre table d'opération, c'est ça ?

Gianfranco Farlano baissa la tête.

— Oui... oui, c'est cela.
— Quand ?
— Hier matin.
— Où se trouve le cadavre ?
— Dans une chambre de ma clinique.
— De qui s'agit-il ?
— D'un Anglais.

CHAPITRE XXV

Ainsi, c'était à Florence que s'était achevée l'existence tumultueuse de Julius Fogg. Mais pourquoi avait-il requis les services d'un chirurgien esthétique, sinon pour se faire modifier le visage, changer de nom et échapper ainsi à Scotland Yard ? En agissant de la sorte, il prouvait sa culpabilité. Restait à connaître le mobile exact de son crime — que Higgins semblait avoir cerné — et à arrêter Leonora Fogg pour complicité.

Le chirurgien vieillissait à vue d'œil.

Quand il poussa la porte de la sinistre chambre, il était au bord de l'évanouissement.

Sur le lit, une forme recouverte d'un drap blanc.

— Vous m'imposez une terrible épreuve...

— Ôtez ce drap, docteur, exigea le policier italien.

Gianfranco Farlano dévoila le visage du défunt.

— Mais... Ce n'est pas Julius Fogg ! s'exclama Scott Marlow.

— Ce malheureux s'appelait Andrew Blake... Il voulait que je modifie son nez, ses lèvres et ses oreilles, mais son cœur était fragile, beaucoup trop fragile.

— Vous n'avez pas vérifié son état de santé? s'étonna Higgins.

— Bien sûr que si ! Ou plutôt non... Il m'a présenté un dossier médical détaillé, et j'ai cru que tout était exact. J'aurais dû refaire toutes les analyses, mais il était si convaincant, si pressé...

— Et l'opération si rentable...

— Je suis sincèrement désolé.

— Avez-vous été en contact avec un homme d'affaires nommé Julius Fogg ?

Le chirurgien ouvrit de grands yeux étonnés.

— Oui, bien sûr... Je l'ai vu ici, à Florence, il y a un mois environ.

— Vous a-t-il demandé de modifier son visage ? questionna le superintendant.

Un pâle sourire fleurit sur les lèvres de Gianfranco Farlano.

— Oh non, pas du tout! M. Fogg croit au développement de ma discipline, et il est devenu le principal actionnaire de ma clinique et de quelques autres.

Higgins avait dormi pendant le voyage, et il avait débarqué à Londres tout à fait reposé, tandis que Scott Marlow était d'une humeur massacrante.

La pluie fine de l'automne londonien faisait briller le macadam. Un taxi emmena les deux policiers jusqu'à Scotland Yard.

— Cet Adam Binners commence à me chauffer les oreilles ! se plaignit le superintendant. Il nous décrit Veronica Guilmore comme la maîtresse de Fogg alors qu'elle n'est que son amie, et il nous met sur la piste d'un chirurgien esthétique qui aurait refait le visage de Fogg, alors qu'il ne s'agissait que d'un investissement financier ! Ce marin nous mène en bateau.

— Si l'on peut dire, mon cher Marlow.

— Comment, si l'on peut dire ? Je vais ordonner une enquête sur ce Binners. Le meilleur ami de Julius Fogg ? Et si c'était une nouvelle approximation, dans le style des précédentes ?

— Vous suggérez qu'Adam Binners nous oriente volontairement sur de fausses pistes pour mieux nous éloigner de lui ?

— Pas impossible... En ce cas, il serait mêlé au meurtre d'une manière ou d'une autre.

— Difficile à envisager, superintendant, puisque le témoignage formel de son domestique l'innocente pour le jour du meurtre. Et ce témoignage apparaît comme des plus solides, à l'image du domestique lui-même.

— Bon, d'accord, Binners n'est peut-être pas directement coupable, mais je sens qu'il cache quelque chose de trouble. Et nous finirons par le découvrir, croyez-moi !

Le superintendant pénétra dans son bureau comme un ouragan et appela aussitôt tous ses adjoints.

— Où en sommes-nous, messieurs ?

Le plus courageux des inspecteurs osa affronter Marlow.

— Nous progressons, superintendant.

— Cela signifie-t-il que vous avez enfin retrouvé Julius Fogg ?

— La situation est un peu plus complexe.

— Complexe, complexe ! L'avez-vous retrouvé, oui ou non ?

— Nous avons eu plusieurs appels téléphoniques en provenance de Southampton, de Glasgow, de Dublin, d'un petit village des Borders et de la banlieue londonienne... Et nous sommes en train de vérifier.

— Sans aucun succès, bien entendu !

— Il ne faut pas désespérer, superintendant. L'un de ces témoignages nous conduira peut-être au but.

— N'en négligez aucun.

— À vos ordres.

La machine infernale s'emballait, comme toujours dans ce genre de cas. Plus le temps passerait, et de plus en plus de témoins affirmeraient avoir vu Julius Fogg ici ou là. Et il faudrait quand même vérifier, avec le plus mince des espoirs.

Le cas Andrew Blake fut vite résolu. Le malheureux était un comédien au chômage. En changeant de visage, il espérait commencer une nouvelle carrière. Bien qu'il eût déjà subi deux infarctus, il s'était engagé dans l'aventure de la chirurgie esthétique et y avait perdu la vie.

Aucun rapport, par conséquent, avec l'affaire Julius Fogg.

Marlow appela la clinique.

Le service de sécurité n'avait repéré aucun agissement suspect à proximité de la chambre de Leonora Fogg. Mais le superintendant avait dû subir les récriminations de son médecin traitant qui déplorait une nouvelle aggravation de l'état de santé de sa patiente ; très éprouvée par l'interrogatoire qu'elle avait dû subir, Leonora Fogg était de nouveau au bord de la dépression.

Marlow raccrocha sèchement.

— Ce médecin est insupportable ! Et nous, nous n'avançons pas.

— Ne désespérons pas, mon cher Marlow ; il nous reste plusieurs personnes à interroger. Un maigre détail pourrait nous permettre de comprendre ce qui s'est réellement passé dans l'hôtel particulier des Fogg.

— Leonora Fogg dit-elle la vérité... Et son mari a-t-il vraiment disparu ?

— Il y a peut-être quelqu'un qui nous aidera à répondre à ces questions : l'homme au monocle.

CHAPITRE XXVI

Il s'appelait bien Gilbert Kailey, était retraité de l'administration des finances et habitait une petite rue proche du pub « La Salamandre et le Dragon ». D'après la fiche de renseignements fournie par Scotland Yard, Kailey était âgé de soixante-douze ans et célibataire.

Si la petite maison à deux étages où il habitait n'avait rien d'exceptionnel, la plaque qui révélait son nom avait de quoi surprendre : « Parliament House », « La demeure du Parlement » !

— Ce bonhomme est un mégalomane ! dit Marlow à Higgins. Mais pour qui se prend-il ?

Le superintendant utilisa le heurtoir en bronze, représentant une tête de lion.

Vêtu d'un costume marron, Gilbert Kailey vint ouvrir.

— Plaît-il ?

— Superintendant Marlow et inspecteur Higgins.

Le retraité dévisagea les deux policiers avec une attention distante, mêlée de condescendance.

— Je suppose, messieurs, que je n'ai pas besoin de me présenter parce que vous connaissez mon nom et ma qualité.

— Nous aimerions vous poser quelques questions.

— Dans l'immédiat, c'est tout à fait impossible. De plus, que vous soyez de Scotland Yard ou non, je ne parle avec des nouveaux venus qu'autour d'une table. Puisque je n'ai aucune chance de vous éviter, vous me voyez donc obligé de vous inviter à dîner. Disons... ce soir. Ce sera *an informal affair,* gentlemen.

La porte se referma.

Marlow demeura abasourdi quelques secondes.

— *An informal affair...* Qu'est-ce qu'il veut dire ?

— Eh bien, mon cher Marlow, c'est une invitation très décontractée, fort différente d'une *dinner party,* beaucoup plus officielle. Il nous suffira donc d'un smoking et d'une cravate noire.

Marlow n'avait pas cessé de pester.

L'après-midi durant étaient parvenus au Yard des messages tous plus abracadabrants les uns que les autres. Un témoin avait même vu Julius Fogg se suicider en se jetant du pont de Londres ! Vérification faite, un ivrogne professionnel était bien tombé à l'eau, et il n'avait dû sa survie qu'à l'alcool qui lui réchauffait le sang, évitant ainsi un fatal choc thermique.

Et Julius Fogg n'était pas non plus le randonneur égaré dans les Highlands à la recherche du trésor des Templiers, ni le fabricant de savons pratiquant l'adultère avec sa secrétaire dans une bergerie du pays de Galles.

Et il avait fallu enfiler tant bien que mal, et plutôt mal que bien, un smoking de location qui serrait le superintendant de partout !

— J'ai l'air d'un pingouin, déplora Marlow.

— Pas du tout, objecta Higgins, très à l'aise dans son propre smoking ; le Yard nous réserve bien des épreuves, et vous surmonterez celle-ci comme les autres.

Le perron de « Parliament House » était éclairé par deux lanternes vénitiennes.

Scott Marlow mania le heurtoir avec précaution, évitant de lever le bras trop haut pour ne pas déchirer la manche de son smoking.

Gilbert Kailey, vêtu comme les deux policiers, ouvrit la porte.

— Bonsoir, messieurs. Si vous voulez bien vous donner la peine d'entrer...

La salle à manger était meublée en style victorien qui lui donnait une allure austère et cossue qui réjouit le regard du superintendant.

— J'ai appelé un traiteur qui m'a fourni du saumon fumé, du veau persillé à la crème fraîche, des haricots aux petits lardons, un fromage irlandais et une tarte aux fraises. J'espère que ce menu vous conviendra. Quant au vin, il s'agit d'un côtes-du-rhône d'une année convenable. Asseyez-vous, je vous en prie.

Un seul tableau au mur : une évocation quelque peu grandiloquente du couronnement de la reine Victoria. Le superintendant apprécia beaucoup cette œuvre d'art, évocatrice d'un des plus beaux moments de l'histoire de l'Angleterre.

— Un superintendant et un inspecteur visiblement expérimentés... Scotland Yard ne m'envoie pas n'importe qui, remarqua Gilbert Kailey avec une satisfaction certaine, tout en ajustant son monocle pour mieux dévisager ses hôtes.

— Nous avons entendu dire que vous aviez une sainte horreur de la police, remarqua Higgins.

— Je pourrais m'insurger et prétendre le contraire, inspecteur, mais je préfère avouer immédiatement : c'est vrai, je déteste la police et les policiers.

— Est-ce une disposition innée ou le résultat d'un conflit avec le Yard ?

— Une tendance héréditaire, probablement. Mon père était un anarchiste et, bien que je sois devenu haut fonctionnaire dans l'administration des finances, j'ai hérité de ce trait de caractère. Il est sans doute fort sommaire, je le reconnais ; mais on ne se refait pas.

— Auriez-vous été importuné par le Yard, à un moment ou à un autre ?

— Même pas, et je le regrette. J'aurais pu manifester mes opinions avec une certaine fermeté et un maximum de mauvaise foi. Malheureusement, je n'ai pas assez d'imagination pour commettre un beau délit.

— Aviez-vous une spécialité, monsieur Kailey ?

— J'ai grimpé un certain nombre d'échelons pour obtenir une situation respectable et enviée. C'est pourquoi, sans trop me fatiguer, j'ai exercé des responsabilités, comme on dit. En fait, un haut fonctionnaire n'est responsable de rien. Il se contente d'être grassement payé, de jouir de la sécurité de l'emploi et de participer, avec plus ou moins d'ennui, à des décisions dont les conséquences lui sont complètement indifférentes, puisqu'il ne sera jamais jugé responsable de rien. En fin de carrière, j'ai eu droit à une sorte de distraction, puisque je me suis occupé du domaine des jeux, des casinos et de toutes ces sortes de choses assez dégradantes.

— Vous saviez donc que Julius Fogg était un joueur chanceux.

— Nous y voilà, inspecteur : vous n'allez pas tarder à m'accuser de meurtre.

CHAPITRE XXVII

Higgins regarda Gilbert Kailey droit dans les yeux.
— Seriez-vous un assassin, monsieur Kailey ?
— Nous le sommes tous, inspecteur, puisque nous détruisons chaque jour la vie sans nous en rendre compte. Il faudrait ne pas respirer, ne pas manger, ne même pas se déplacer. Seul un yogi qui parviendrait à interrompre son rythme cardiaque et à demeurer hors du monde pourrait peut-être se prétendre innocent. Mais notre culture est britannique, et cet exotisme ne nous convient guère.

Le vin était excellent, et les mets lui firent honneur.
— Si vous êtes à ma table ce soir, messieurs, c'est seulement à cause de mon intervention au pub « La Salamandre et le Dragon ».
— Un établissement que vous fréquentez régulièrement, n'est-ce pas ?
— Je ne m'en cache pas, inspecteur. C'est un pub convenable, sympathique et accueillant. Pourquoi aller chercher ailleurs ? J'y ai pris mes habitudes, et je n'ai pas envie d'en changer. Et quel merveilleux observatoire de la condition humaine ! Moi, je suis silencieux et j'écoute.

— Vous parlez tout de même un peu avec le patron du pub ?

— Anthony White est un gaillard très compétent qui dirige son affaire avec beaucoup d'autorité. J'apprécie ce genre de personnage, même si sa moralité n'est pas toujours à la hauteur de ses compétences professionnelles. Mais dans son métier, c'est fréquent, et puis White n'est pas marié et n'a de comptes à rendre à personne.

— Pourriez-vous être plus précis ?

— Certainement pas, inspecteur ; chacun n'a-t-il pas le droit au respect de sa vie privée ? Le temps n'est plus aux jugements moraux, même si je déplore la pente déplorable sur laquelle nous sommes engagés. Encore convient-il de demeurer dans sa classe sociale et, de ce côté-là, je pense que White sait se tenir à sa place. C'est un gage d'équilibre et de longévité.

— Si je comprends bien, M. White vous parlait volontiers de ses conquêtes ?

— Absolument pas, inspecteur ! Je ne l'aurais pas toléré. Mais je suppose que vous faites diversion pour éviter d'en venir au motif principal de cet interrogatoire déguisé... Vieille méthode policière qui ne me surprend pas, mais qui ne vous mènera nulle part.

Tout en appréciant le menu, Marlow supportait mal l'arrogance de son hôte.

— Eh bien, monsieur Kailey, racontez-nous le drame que vous avez vécu à « La Salamandre et le Dragon ».

Le retraité essuya son monocle et le remit en place.

— Ce fut bref et intense. Leonora Fogg est entrée en trombe dans le pub et s'est jetée dans les bras du patron qui se trouvait sur son chemin. J'avoue que j'ai été fort surpris par sa tenue : une simple chemise de nuit pour une personne d'ordinaire si élégante. Elle s'est exprimée de manière plutôt incohérente en faisant allusion à un meurtre ou à une tentative de meurtre. Je n'ai pas très bien entendu ce qu'elle disait ou, plutôt, ce qu'elle criait. Et puis elle s'est évanouie. C'est alors qu'un jeune homme, que je n'avais encore jamais vu dans ce pub, a révélé qu'il appartenait à la police. J'ai jugé bon de lui indiquer que je connaissais Leonora Fogg et que je savais où elle habitait. Au fond, messieurs, je n'ai fait que mon devoir le plus élémentaire, et je n'attends ni félicitations ni récompense.

— Avez-vous été souvent invité chez les Fogg ?
— J'ai pris quelquefois le thé dans leur hôtel particulier, assez proche du pub. Voyez-vous, j'ai rencontré Julius Fogg dans des circonstances plutôt amusantes. Comme je devais rédiger un rapport sur la masse financière drainée par les casinos, j'ai eu la curiosité de me rendre dans certains de ces établissements. Et partout revenait le nom d'un joueur particulièrement surprenant, non seulement parce qu'il avait de la chance, mais surtout parce qu'il savait s'arrêter à temps et empocher des gains confortables. J'ai eu l'occasion de l'observer et j'ai constaté que Fogg faisait preuve d'un incroyable self-control.

— Et vous l'avez abordé.
— Oui, inspecteur, et je lui ai même dévoilé ma qualité de fonctionnaire des finances. Fogg a été pris d'un fou rire et, lorsqu'il a retrouvé l'usage de la parole, il m'a invité à prendre le thé chez lui. « Vous aiderez ma femme à résoudre ses problèmes financiers », m'a-t-il dit.

— De quels problèmes s'agissait-il ?
— Simple boutade ! Leonora Fogg est une femme

de tête, rompue aux pratiques financières, et elle n'avait nullement besoin de mes conseils. Enfin, de tête... Sa froideur apparente cache une passionnée qui ne doit pas supporter l'ennui une seule seconde. Elle m'a reçu avec courtoisie, mais j'ai bien senti qu'elle ne m'accordait aucune attention parce que, à ses yeux, j'étais un personnage conformiste et banal.

— Comment jugez-vous Julius Fogg ?

— Une sorte d'enfant attardé, enfermé dans son rêve, ravi de sa bonne fortune et incapable d'envisager l'existence même du mal.

— Le croyez-vous capable de violence ?

— Vous plaisantez, inspecteur ! De plus, il est d'une naïveté désarmante : à moi, un fonctionnaire des finances, il a avoué qu'il gardait chez lui des documents relatifs à des investissements de gré à gré qui échappent au fisc ! N'ayant confiance ni dans les banques ni dans l'administration, il s'amuse comme un fou à se constituer une fortune parallèle.

— Et vous n'êtes pas intervenu ?

— Je suis à la retraite.

— Julius Fogg vous a-t-il parlé de son fils ?

— Un étudiant en mathématiques, à Eton... Oui, il l'aime beaucoup. Mais là encore, c'est du Julius Fogg tout craché, si vous me passez cette horrible expression ! Toujours prêt à s'emballer, à emmener son fils aux États-Unis pour lui faire découvrir le monde des affaires ou en Chine pour qu'il connaisse la planète de demain, mais annulant ses projets au dernier moment, parce qu'on lui propose un bridge fabuleux ou une partie de nain jaune mirifique !

— Avez-vous rencontré le jeune Somerset Fogg ?

— Non, inspecteur. Julius m'a confié qu'un grave incident familial avait momentanément éloigné

Somerset de ses parents, surtout de sa mère. Comme monsieur n'osait pas contester les décisions de madame, en l'occurrence d'installer son fils dans un autre hôtel particulier, il ne restait plus qu'à compter sur le temps pour atténuer le conflit et voir revenir le grand fils dans le giron familial.

— Que savez-vous de la nature de cet incident, monsieur Kailey ?

— Rien du tout. Julius Fogg ne m'en a pas dit davantage.

— Auriez-vous une idée de l'endroit où il peut se cacher ?

— Fogg ne se cache pas. Il a été victime d'une machination infernale.

CHAPITRE XXVIII

Scott Marlow posa son verre.
— Vous connaissez donc toute la vérité, monsieur Kailey.
— Loin de moi cette vanité, superintendant !
— Alors, pourquoi parlez-vous de « machination infernale » ?
— Logique et déduction ! Julius Fogg est le contraire d'un solitaire et d'un reclus, il a un besoin permanent d'autrui pour se livrer à ses multiples et incessantes activités ludiques, qu'il s'agisse de la roulette ou des investissements financiers. Lui, se cacher quelque part ? Absurde !
— Et qui serait l'auteur d'une pareille machination ?
— Vous m'en demandez trop.
— Peut-être ne faut-il pas chercher loin : une femme ambitieuse, un fils déçu...
Derrière le monocle, l'œil de Gilbert Kailey se fit mutin.
— Mais dites-moi, inspecteur... Est-ce le cadavre de Julius Fogg que votre policier a découvert dans l'hôtel particulier du milliardaire ?
— Non, celui de la *housekeeper* des Fogg.

— Une fille plutôt séduisante, à l'allure faussement franche mais au caractère bien trempé... Comment s'appelait-elle, déjà ?

— Margaret Chiswick.

— Chiswick, c'est ça.

— Nous avons peu de renseignements sur elle, malheureusement.

— Et vous espérez que je vais éclairer votre lanterne !

— Exactement.

Le retraité sourit.

— Vous ne manquez pas de franchise, pour un policier ! Ça me surprend, je vous l'avoue, mais c'est plutôt réjouissant. Comment se fait-il que Scotland Yard ne parvienne pas à percer les mystères d'une simple employée de maison ?

— C'est ainsi, monsieur Kailey : il faut savoir reconnaître ses limites.

— Bravo, inspecteur ! Vous n'en êtes que plus redoutable.

L'ex-haut fonctionnaire contempla son couteau un long moment, puis s'exprima avec sa désagréable voix de fausset.

— La *housekeeper* des Fogg était une personne discrète, peu liante et peu causante. Même au pub, où l'on entend tout sur tout le monde, elle n'était pas un sujet de conversation. Bizarre, non ?

— Ce petit mystère vous a intrigué et vous avez tenté de le percer.

— Un passe-temps comme un autre, pour un retraité... C'est vrai, j'ai mené une sorte d'enquête. Un sport assez excitant, mais aux résultats tout à fait décevants. En réalité, Margaret Chiswick se comportait comme quelqu'un qui ne voulait surtout pas se faire remarquer. Et c'était la seule des employées de maison du quartier qui ne se fût pas aventurée une seule fois à « La Salamandre et le Dragon », un établissement pourtant fort accueillant aux femmes. Et voilà tout ce que je peux dire sur cette malheureuse ! Décevant, j'en conviens, et un peu humiliant pour moi, mais c'est ainsi.

Higgins prenait des notes sur son carnet noir.

— Vous ne vous fiez pas à votre mémoire, observa Gilbert Kailey.

— Ce serait une faute professionnelle. Déformer les propos des témoins conduit inévitablement à l'échec.

— Et moi, je suis un témoin... C'est pourtant vrai, puisque j'ai été le premier, avec le jeune policier, à pénétrer sur les lieux du crime. D'après vos statistiques, les personnes qui se comportent ainsi ne sont-elles pas les premières suspectes ?

— C'est, en effet, l'une des remarques de M. B. Masters dans son *Manuel de Criminologie,* mais il faut se garder de généraliser.

— Tant mieux pour moi !

— Avez-vous eu peur, en pénétrant dans l'hôtel particulier des Fogg, le soir du crime ?

— J'étais accompagné d'un policier, rappelez-vous ! Sérieusement, je n'étais pas rassuré, mais tellement curieux ! Moi qui connaissais Leonora Fogg et l'avais vue dans un état déplorable, j'avais envie de savoir ce qui s'était passé chez elle.

— Et qu'avez-vous vu ?

— À dire vrai, trois fois rien. Il n'y avait pas beaucoup de lumière, et c'est le policier qui a conduit les investigations, jusqu'au moment où il a trouvé le cadavre. Ensuite, il m'a demandé de sortir. Ce soir-là, j'ai enfin vécu des moments exaltants après une longue période d'ennui.

Scott Marlow s'insurgea.

— Une femme a été assassinée, un homme a disparu, et vous qualifiez ces drames de « moments exaltants » ?

— Vous me jugez cynique, superintendant, mais je ne suis pas un hypocrite.

— Nous avons rencontré Adam Binners, le meilleur ami de Julius Fogg, révéla Higgins ; le connaissez-vous ?

— S'agit-il d'un bonhomme barbu, de forte corpulence, avec un bonnet de marin sur la tête ?

— C'est bien lui.

— Je ne l'ai croisé qu'une fois, chez les Fogg.

— Chez les Fogg, dites-vous ?

— Oui, inspecteur, et je m'en souviens. Mais... Je n'ai pas trop envie d'en parler.

— Pour quelle raison, monsieur Kailey ?

— Si je vous dis toute la vérité, vous allez en tirer des conclusions qui seront peut-être hâtives et certainement désastreuses pour ce Binners.

— Il est préférable que vous nous laissiez libres de notre jugement, avança Higgins qui sentait monter la colère de son collègue. Que s'est-il passé ?

— Eh bien... une drôle de scène. Je me préparais à sortir de chez les Fogg quand, dans l'antichambre, j'ai assisté à une violente querelle entre la *housekeeper,* cette malheureuse Margaret Chiswick, et l'homme au bonnet de marin. Ils paraissaient très fâchés l'un contre l'autre, et s'envoyaient des insultes à la figure.

— L'un d'eux émettait-il un reproche précis ?

— Non... Ils se contentaient de se traiter de tous les noms, et personne ne cédait de terrain. Quand ils m'ont aperçu, ils se sont un peu calmés. Gênée, la *housekeeper* s'est éclipsée. Quant à moi, je n'ai même pas salué un personnage aussi grossier que ce Binners et je suis passé devant lui en ignorant sa présence. Évidemment, ce n'est pas très bon pour lui... Mais c'est la vérité.

CHAPITRE XXIX

— Du nouveau sur Julius Fogg? demanda Scott Marlow.
— Rien de sérieux, déplora l'inspecteur chargé de collationner les rapports. Juste une série de témoignages plus farfelus les uns que les autres. Votre rendez-vous est arrivé, Sir.
— Quel rendez-vous?
— M. Stuart Hopkins.
— Ah oui... Faites-le entrer.
— Et il y a aussi Tom Jones et Elton Hyk.
— Qui sont ces personnes?
— Des footballeurs qui fréquentent « La Salamandre et le Dragon », rappela Higgins.
— Oui, bien sûr... Commençons par Hopkins.

Au-dessus de la tête du superintendant Marlow trônait un portrait de la reine Elisabeth II, à côté duquel était exposée une photographie de la reine Victoria, vêtue d'une robe noire très stricte et posant la main droite sur un bouquet de fleurs, avec la grandeur inimitable d'une impératrice qui avait régné sur le globe. Sur le bureau, un bouquet d'œillets, qui comptaient au nombre des fleurs préférées d'Elisabeth et un pot à eau en porcelaine de Sèvres qui avait appartenu au service de toilette de Victoria et que Higgins avait offert à son collègue.

Marlow vida sa quatrième tasse de café avant d'accueillir Stuart Hopkins, physionomiste et coordinateur très discret des réseaux de jeux autorisés et grand connaisseur de tous les types de joueurs. De temps à autre, Stuart Hopkins rendait de menus services, strictement confidentiels, à la police de Sa Majesté.

— Bien entendu, déclara-t-il avec componction, je ne vous ai jamais rendu visite.

Les cheveux argentés et ondulés, manucuré, très élégant, Hopkins avait l'allure d'un danseur mondain.

— Bien entendu, bougonna Marlow.

— Comment puis-je vous être utile, superintendant ?

— Connaissez-vous Julius Fogg ?

— Qui ne le connaît pas, dans le milieu du jeu ?

— Il perdait beaucoup, paraît-il ?

— Vous êtes mal informé, superintendant ! Julius Fogg appartient à une espèce très rare : les gagnants qui durent. D'ordinaire, les gagnants aux jeux de hasard s'enflamment et finissent par tout perdre. Fogg, lui, savait s'arrêter juste à temps. Pour les casinos et les tables de jeux diverses et variées, une véritable catastrophe ! Tous les professionnels espéraient qu'il allait enfin tomber dans le piège, mais Fogg ne modifiait pas sa ligne de conduite.

— Julius Fogg n'avait donc aucune dette de jeu ?

— Pas la moindre ! Et pour un joueur de son acabit, c'est un exploit. Bien au contraire, cette activité lui a rapporté une jolie fortune.

— Merci, monsieur Hopkins.

Le physionomiste se retira.

— Voilà au moins un point d'acquis, dit le superintendant à Higgins : Julius Fogg était bel et bien un joueur heureux. La piste d'une énorme dette qu'il n'aurait pas réussi à rembourser s'évanouit définitivement. Mais il en reste d'autres, grâce à ce que nous avons appris. Et après avoir reçu les footballeurs, nous nous en occuperons.

Tom Jones était blond, longiligne et jouait ailier droit. Elton Hyk était brun, très athlétique et évoluait comme arrière gauche. L'un et l'autre semblaient très nerveux. Ce fut Hyk qui s'exprima avec hargne.

— Qu'est-ce qu'on nous veut, à la police ? Nous, on a un entraînement à suivre ! Et si on le manque, le coach ne va pas nous rater ! L'amende, ce n'est pas Scotland Yard qui va la payer !

— Je vous conseille de vous calmer, mon garçon. Sinon, vous allez manquer plus d'un entraînement.

— Il a raison, dit Tom Jones à son coéquipier. Répondons à leurs questions, et ils nous laisseront tranquilles.

— Avec eux, on ne sait jamais !

— Auriez-vous quelque chose à vous reprocher ? demanda Higgins.

Elton Hyk sursauta.

— Moi ? Mais rien du tout, absolument rien !

— N'êtes-vous pas un client assidu du pub « La Salamandre et le Dragon » ?

— Si, mais ce n'est pas un délit !

— Pour un joueur de football, l'alcool n'est pas conseillé, me semble-t-il.

— On ne boit pas beaucoup, précisa Tom Jones. C'est une simple distraction, dans une ambiance plutôt chic.

— N'avez-vous pas, récemment, assisté à un événement insolite ?

— Pour ça, oui ! reconnut Jones. Une dame en chemise de nuit a fait irruption dans le pub et s'est évanouie dans les bras du patron. Comme il est plutôt gringalet et qu'il ne savait pas quoi en faire, nous avons dû l'aider à l'étendre sur une banquette. Un client a déclaré qu'il était policier, un autre a dit qu'il savait où cette femme habitait, et ils sont sortis du pub. Puis un médecin est arrivé, on a emmené la femme dans une ambulance, et les conversations sont allées bon train.

— Avez-vous déjà vu cette femme au pub ?

Avec un bel ensemble, les deux footballeurs répondirent « non » d'un hochement de tête.

Higgins leur montra les portraits de Julius Fogg, de son fils Somerset, de Margaret Chiswick, d'Adam Binners et de Veronica Guilmore qu'il avait croqués avec soin sur les pages de son carnet noir.

— Et l'une de ces personnes ?

— Non, dit Tom Jones.

— Non, non, confirma Elton Hyk.

— En revanche, vous connaissez l'homme qui a identifié Leonora Fogg et a accompagné le policier jusqu'à chez elle.

— Oui, répondit Hyk, c'est un habitué du pub. Un drôle de bonhomme... Il observe, il écoute et il ne parle jamais. Enfin, presque jamais... Quelquefois avec le patron. Un dur, celui-là. Il ne s'agit pas de faire le moindre scandale dans son pub. C'est plutôt bien comme ça, notez. Au moins, ça reste un endroit chic et bien fréquenté.

— Le vieux type avec son monocle qui connaissait l'adresse de la femme en chemise de nuit, ajouta Tom Jones, je ne l'aime pas du tout. Pour être franc, je croyais même que c'était un policier engagé par le patron du pub. Enfin, ça ne nous empêchait pas de prendre du bon temps et de nous détendre.

— La femme qui a été assassinée s'appelait Margaret Chiswick, précisa l'ex-inspecteur-chef.

— Jamais entendu ce nom-là. On peut s'en aller ?

CHAPITRE XXX

Scott Marlow enfila son imperméable froissé.

— Cet Adam Binners a des comptes à nous rendre, dit-il à Higgins. Le gaillard s'est bien moqué de nous.

L'un des subordonnés de Marlow lui tendit un rapport.

— Urgent, Sir.

— Plus tard, mon garçon.

— Je crois quand même que...

Furibond, le superintendant jeta un œil sur le rapport qui concernait Anthony White, le patron du pub « La Salamandre et le Dragon ».

— Par saint George, Higgins ! Encore un qui s'est bien payé notre tête !

— Sur quel point nous a-t-il menti ?

— Par omission, Higgins, mais une belle omission ! White est bien le propriétaire du pub, mais il a un passé plutôt chargé : trois ans de prison pour vol. Il me semble indispensable de faire un détour par son établissement.

Il n'était que onze heures, mais « La Salamandre et le Dragon » était rempli de curieux qui ne parlaient que de l'affaire Julius Fogg. Malgré les instructions données par les hautes autorités administratives, la mèche avait été vendue et la presse à scandales s'était jetée sur ce nouvel os à ronger.

Les meilleurs chasseurs de scoops s'étaient réunis à une table où, avec une totale méfiance, ils évoquaient les bruits divers à propos de débuts de pistes. Les conversations étaient d'autant plus animées que certains clients apportaient des informations complètement farfelues pour briller aux yeux des journalistes.

Ne sachant plus où donner de la tête, Anthony White avait été obligé d'engager deux nouveaux serveurs pour faire face à l'afflux de clientèle.

— Cette histoire criminelle est plutôt une bonne affaire pour vous, monsieur White, dit Marlow avec une ironie agressive.

— Ah, superintendant... Vous êtes venu avec l'inspecteur Higgins... On peut vous servir quelque chose ?

— Nous aimerions vous poser quelques questions.

— Je vous en prie, mais faites vite... Je suis débordé !

— Un endroit discret serait préférable.

— Quelque chose... de grave ?

— Pour vous, certainement.

— Bon... Venez dans mon bureau.

Le bureau d'Anthony White était une sorte de réduit dans lequel il entassait des factures. Il referma la porte derrière les deux policiers et s'assit, les bras croisés, sur le bord d'un modeste bureau.

Le visage toujours aussi inexpressif, le patron du pub regarda la pointe de ses chaussures.

— Ça devait finir par arriver... Vous avez trouvé, non ?

— De quelle trouvaille parlez-vous ? interrogea Higgins.

— Mon fichu passé, bien entendu... Oui, j'ai été un sale gosse et j'ai fait le désespoir de mes parents, parce que je ne cessais pas de chaparder ce que mes copains possédaient et que nous n'avions pas à la maison. Quand je suis devenu serveur dans un bar, je me suis un peu calmé, mais c'est le genre d'endroit où l'on rencontre parfois des gens douteux. Et c'est ce qui m'est arrivé. Une bande de voleurs qui m'ont assuré que le coup était sûr, sans le moindre danger, et qu'il nous rapporterait gros. Il s'agissait de cambrioler un magasin qui vendait des postes de radio haut de gamme et de les écouler ensuite à moitié prix, ce qui nous laissait quand même une bonne marge. Et rien ne s'est passé comme prévu. Moi, mon seul rôle, c'était de faire le guet. Quand une voiture de police banalisée s'est arrêtée devant le magasin, je suis resté muet, incapable de prévenir les copains, immobile comme une statue. Mon avocat m'a bien défendu, et j'ai quand même fait de la prison. J'ai payé ma dette à la société et, depuis, je suis un honnête travailleur.

— Pourquoi ne pas nous avoir relaté ces faits lors de notre premier entretien ?

— Parce qu'un homme condamné à une peine de prison n'a pas le droit de diriger un pub.

— C'est pourtant bien votre cas.

— Parce que je me suis arrangé avec les papiers et que personne, jusqu'à présent, ne s'est aperçu de rien... Si vous décidez de me faire tomber, aucun problème. Mais « La Salamandre et le Dragon », c'était une bonne petite affaire et c'était devenu toute ma vie. Pour rendre ce pub rentable et en faire un lieu plutôt chic fréquenté par une bonne clientèle, j'ai tout sacrifié. Alors, je m'étais pris à rêver que mon passé ne remonterait pas à la surface et que cette histoire idiote, où je me suis fait piéger, serait définitivement enterrée. Et s'il n'y avait pas eu cette maudite bonne femme en chemise de nuit, la vie aurait continué... Je suppose que je dois vous suivre, messieurs. Puis-je quand même donner des instructions à mon personnel ?

— Rien ne presse, estima Higgins.

— Vous me laissez terminer ma journée ? C'est plutôt chic, inspecteur !

— Nous ne sommes pas chargés d'enquêter sur les pubs, monsieur White, mais de découvrir l'assassin de Margaret Chiswick et de retrouver Julius Fogg.

Les yeux de chien battu d'Anthony White s'emplirent d'espoir.

— Vous voulez dire... que je pourrais continuer mon activité et que vous pourriez oublier mes bêtises ?

— À une seule condition.

— Laquelle, inspecteur ?

— À la condition que, cette fois, vous nous disiez tout ce que vous savez sur l'affaire qui nous occupe.

Anthony White se rongea les ongles.

— L'un de vos clients, Gilbert Kailey, affirme que vous avez une vie sentimentale dissolue, mais il ne veut pas en dire davantage. Confirmez-vous ce jugement ?

Le patron du pub n'osa pas regarder les deux policiers.

— Il n'a pas tort... De ce côté-là, mon existence est un véritable fiasco. C'est sans doute pourquoi je ne trouve le bonheur que dans mon travail. Si on me l'enlevait, je perdrais tout. Et quand je parle de fiasco, je suis encore en dessous de la vérité. C'est même beaucoup plus grave que ça.

Scott Marlow fronça les sourcils.

— Expliquez-vous, White.
— Vous m'avez bien promis de me laisser poursuivre mes activités si je vous disais tout?
— Commencez par parler.
Le patron du pub sentit qu'il ne fallait pas irriter le superintendant.
— Bon... Voilà... Margaret Chiswick a été ma maîtresse.

CHAPITRE XXXI

— La victime, votre maîtresse... Vous êtes sérieux, White ? interrogea le superintendant.
— Une liaison complètement ratée, comme toutes les autres. Une liaison minable, avec une fille minable qui n'en voulait qu'à mon argent. Et moi, comme un idiot, je me suis laissé prendre au jeu, une fois de plus. Je me promets toujours de ne pas recommencer, de ne pas tomber dans des pièges grands ouverts, mais je finirai par croire que je suis incurable.

Higgins prenait des notes sur son carnet noir.
— Nous aimerions avoir davantage de détails, monsieur White.
— Est-ce bien nécessaire, inspecteur ?
— Dois-je vous rappeler que Margaret Chiswick a été assassinée ?
— Quand je vous disais que c'était beaucoup plus grave qu'un fiasco... Pour qui vous allez me prendre, maintenant ?
— En quelles circonstances vous êtes-vous rencontrés ?

Le patron du pub eut un sourire triste.
— Nous ne nous sommes pas rencontrés... Elle m'a piégé. Et bien piégé, la garce !

— Racontez-nous ça, exigea Marlow, intrigué.

Anthony White poussa un soupir, comme s'il se délivrait d'un poids trop lourd à porter.

— C'était une nuit, il y a trois mois environ. Je venais de fermer le pub et je prenais un peu l'air avant d'aller me coucher. Une fille pas trop moche, plutôt aguicheuse, m'a carrément abordé. Je la revois encore me dire : « Tu n'aurais pas du feu, mon mignon ? — Non, lui ai-je répondu. — Ça ne fait rien... Je ne fume pas. Et j'attends beaucoup plus de toi. » Je lui ai ordonné de passer son chemin et là, elle a lâché : « Tu sais qu'un patron de pub ne doit pas avoir fait de prison ? Je pourrais te causer beaucoup d'ennuis, mon mignon. » C'est idiot, mais j'ai failli tourner de l'œil. En un instant, cette traînée détruisait ma vie. « Tu racontes n'importe quoi, je lui ai dit. — Mais non, mon mignon, a-t-elle rétorqué. Moi aussi, j'ai fait quelques bêtises, et j'ai eu la chance de connaître un gars qui t'a rencontré en prison. Il ne savait pas ce que tu étais devenu, et je viens de retrouver ta trace par hasard. Figure-toi que j'ai couché avec l'un de tes clients qui apprécie beaucoup ton pub et qui a eu la bonne idée de citer ton nom dans la conversation. À moi, ça m'en a donné une autre, de bonne idée. Si tu tiens vraiment à ton job, tu n'hésiteras pas à aider une pauvre fille dans le besoin. »

— Autrement dit, du chantage.

— Exactement, superintendant.

— Quelle fut votre réaction ?

— J'aurais dû lui donner une paire de gifles, mais elle était vraiment menaçante et déterminée... Et puis, c'est complètement idiot, mais elle m'a plu tout de suite. Margaret Chiswick était un beau brin de fille.

— Vous avez donc accepté ses conditions ? s'enquit Higgins.

— Oui... En réalité, elle n'était pas très exigeante. Et elle est devenue ma maîtresse, comme ça, tout naturellement, et ça a plutôt bien marché, les premières semaines. J'avais posé une condition, moi aussi : que Margaret ne se montre jamais au pub.

— Et elle a tenu parole ?

— Sauf une fois... Et Gilbert Kailey n'a pas manqué de la remarquer. Il m'a aussi conseillé de me séparer d'elle. « Cette femme vous portera malheur », m'a-t-il annoncé.

— L'avez-vous écouté ?

— Bien sûr que non, comme tout amoureux idiot ! Mais la situation s'est vite dégradée. Margaret s'est montrée sous son vrai jour : arrogante, insupportable, impossible à vivre. Et puis, un soir, elle a refusé de me laisser pénétrer dans sa chambre. J'ai insisté, mais elle est entrée dans une violente colère. Alors j'ai compris... Il y avait un autre homme dans sa chambre, et je n'étais qu'un pigeon de plus au tableau de chasse de Margaret Chiswick.

— L'avez-vous revue, à la suite de cet incident ?

— Oui, inspecteur, et je ne lui ai pas caché ma façon de juger la situation ! Je n'avais pas du tout l'intention de continuer comme ça.

— Comment a-t-elle réagi ?

— D'une manière qui m'a drôlement surpris... « D'accord, m'a-t-elle dit, nous deux, on n'est pas faits l'un pour l'autre. Et puis moi, j'ai trouvé un bon job. Alors, je ne vais pas continuer à t'embêter. Tu me donnes une petite prime de départ, et puis on n'en parle plus. » Comme la prime qu'elle a fixée était plutôt raisonnable, j'ai discuté pour le principe, et on est arrivés à un accord.

— Ensuite, elle ne vous a plus importuné ?

— Non, inspecteur. Ce fut notre dernière rencontre. Pour être franc, je ne me suis pas fait de bile pour Margaret. Avec son côté aguicheur et sa manière de vous accrocher sans y toucher, elle a dû mettre plus d'un homme dans son lit. Un jour ou l'autre, d'après moi, elle devait tomber sur le bon numéro qui la mettrait à l'abri du besoin pour la fin de ses jours.

— L'homme qui se trouvait dans sa chambre et qui fut la cause de votre rupture... Connaissez-vous son identité ?

— Non. Sur le moment, j'aurais bien voulu voir son visage, mais Margaret s'est comportée comme une véritable furie et elle m'aurait arraché les yeux si j'avais tenté de franchir le seuil. Après, je me suis calmé. Avec elle, je n'étais pas le premier et je ne serais pas le dernier... Dans ce domaine-là, ç'a toujours été la même chose... Il faut vraiment que je me fasse une raison et que j'oublie les femmes. Un bon pub qui tourne bien, ça vous donne des satisfactions plus durables et moins compliquées.

— Margaret Chiswick a fait allusion à un job... Lui avez-vous demandé de quoi il s'agissait ?

— Oui, j'étais curieux... Mais elle a refusé de m'en dire davantage. J'ai simplement appris qu'elle avait obtenu ce job grâce à un gros type qui porte un bonnet de docker.

— Vous a-t-elle donné son nom ?

— C'est tout ce que je sais. Dites-moi, pour mon pub... Vous allez oublier mes révélations ?

— Travaillez et tenez-vous tranquille, trancha Marlow.

CHAPITRE XXXII

Les spécialistes de Scotland Yard étendaient progressivement leurs investigations. Des hommes-grenouilles commençaient à explorer la Tamise, aux endroits où l'on répertoriait un maximum de suicides. Et, sans se lasser, des inspecteurs vérifiaient les témoignages les plus farfelus.

Toutes les deux heures, Marlow vérifiait les progrès de l'enquête.

— Où en sommes-nous ? demanda-t-il à l'un de ses collaborateurs, en utilisant son téléphone de voiture.

— Je crois qu'on a quelque chose de sérieux, Sir.
— Où ça ?
— Un cadavre, au dock St Katharine.
— Nous arrivons.

Le superintendant sollicita le moteur de sa vieille Bentley qui répondit avec un bel entrain. En souplesse, il doubla quelques lambins et parvint à maintenir une bonne allure.

— Dites-moi, Higgins, cet Adam Binners revient un peu trop souvent sur le tapis... Et comme par hasard, on retrouve le cadavre de Julius Fogg dans un dock !

— Vous pensez au bonnet que porte Binners ?

— Le moindre détail ne compte-t-il pas, Higgins ?
— Bien sûr que si, superintendant.
— Et celui-là me paraît particulièrement significatif !
— Ce n'est pas impossible.
— Mais enfin, Higgins ! Ce type n'a pas arrêté de nous mentir, il est marin, et le cadavre de Fogg vient d'être retrouvé à St Katharine's Dock !
— J'attends la confirmation de ce dernier point, mon cher Marlow.

Le superintendant bougonna, contraint d'admettre que Higgins n'avait pas tort.

Le quartier de St Katharine's Dock était en réfection. Sous une pluie fine et régulière, le vieux bâtiment avait une allure sinistre. Comme elle était lointaine, l'époque où les puissants navires de la reine Victoria accostaient le dock pour débarquer leur cargaison de marbre, de thé et de tortues vivantes. Les malheureuses étaient destinées à devenir l'un des plats préférés de la souveraine, la soupe de tortues.

Plusieurs voitures de police étaient arrêtées devant une porte de bois à moitié défoncée.

La Bentley traversa une flaque d'eau et s'immobilisa. Marlow et Higgins en descendirent.

Un inspecteur vint vers eux et les salua.

— C'est ici, Sir. Je vous préviens, le spectacle est plutôt effrayant.

Scott Marlow, qui avait horreur du sang, se prépara à l'épreuve qu'il lui fallait bien subir.

— Nous vous suivons.

Une bourrasque de vent décoiffa un policier qui courut après sa casquette.

Scott Marlow évita de peu des taches de goudron et dut enjamber d'épais cordages. Dans le ciel gris, des mouettes émirent un rire sinistre.

L'inspecteur utilisa une torche pour éclairer le chemin. Les policiers contournèrent un tas de bois humide et stoppèrent net.

Un pendu.

Un homme, vêtu d'un costume élégant et chaussé avec des chaussures de prix.

Le visage était entièrement recouvert par un bonnet de docker en laine.

— Qu'on appelle immédiatement Babkocks, ordonna Marlow.

Pour une fois, l'odeur pestilentielle du cigare du médecin légiste n'indisposa pas les personnes présentes. Il régnait une telle humidité et une telle senteur de mort dans la partie abandonnée du dock que les volutes de tabac exotique avaient presque un effet purificateur.

— Ça alors, s'exclama Babkocks qui venait d'examiner son nouveau client, c'est vraiment surprenant !

— Qu'avez-vous découvert ? demanda Marlow.

— C'est un authentique pendu et un vrai suicide !

— Vous... vous êtes sûr ?

— C'est tellement rare qu'on ne peut pas se tromper ! Ces derniers temps, les assassins ont de moins en moins d'imagination, et ils maquillent presque tous leurs crimes en pendaison. À croire qu'on a des surplus de corde, en Angleterre. En tout cas, pour ce client-là, aucun doute : il a voulu en finir avec la vie. Il s'est caché le visage avec un bonnet de laine, il a passé une corde solide autour de son cou, il l'a bien nouée à une solide poutrelle métallique, et il est monté sur le tas de bois et il s'est lancé dans le vide. Et le bougre ne s'est pas raté.

— Nous pouvons voir son visage ?

— Ce n'est pas très joli, mais vous pouvez.

Higgins et Marlow s'approchèrent.

Il y avait une vague ressemblance, mais une autre conclusion s'imposait, après un examen attentif : ce pendu n'était pas Julius Fogg.

— Voilà, Higgins, on sait qui c'est : un agent de change de la City qui venait de faire de très mauvais placements et qui a entraîné quelques clients importants à la faillite. Pour lui, c'était la déchéance à coup sûr, et peut-être même la prison. Le pauvre type a choisi une autre porte de sortie.

Le superintendant raccrocha son téléphone de voiture. La Bentley se gara devant le domicile de Gilbert Kailey.

Scott Marlow utilisa le heurtoir de bronze représentant une tête de lion pour frapper à la porte de « Parliament House ».

L'homme au monocle apparut sur le seuil.

— Je ne crois pas que nous ayons rendez-vous, messieurs.

— C'est exact, reconnut Higgins, mais nous avons une question à vous poser. Une seule.

— Vous m'obligez à modifier mes habitudes. À mon âge, c'est extrêmement désagréable.

— Merci d'avance pour votre coopération, monsieur Kailey.

— Bon... Que voulez-vous savoir ?

— Nous savons que Margaret Chiswick, la *housekeeper* des Fogg, est venue au moins une fois au pub « La Salamandre et le Dragon ». Avec votre œil d'aigle, vous n'avez pas manqué de la remarquer. Et vous avez également noté qu'elle avait noué une relation intime avec le patron du pub, Anthony White.

— Quand vous enquêtez, vous enquêtez ! Tout cela est bien exact, mais d'ordre intime, comme vous venez de le souligner. Je n'avais donc pas à vous en parler. Mais puisque vous le savez...

— Avez-vous bien déconseillé à White de poursuivre cette liaison avec Margaret Chiswick ?

— Un simple conseil d'ami, découlant d'une évidence ! Ils étaient faits l'un pour l'autre comme une carpe et un lapin, et j'ai jugé bon d'intervenir pour lui éviter de commettre une erreur aussi criante.

CHAPITRE XXXIII

Une légère averse habillait de gouttes argentées les haies bordant champs et vergers du Sussex. La Bentley du superintendant, régénérée par l'air vif de la campagne, roulait à bonne allure vers Hartford Village.

C'était non loin d'ici, dans une charmante petite ferme, que Harriett J.B. Harrenlittlewoodrof avait composé son recueil de poèmes libres, « Sortilèges campagnards » qui débutait par l'*Ode à l'herbe cachée* :

> *Tendres secrets d'une verdeur défunte,*
> *Songes cachés du souffle de la terre,*
> *Ombreux délices d'un soir d'automne,*
> *Êtes-vous paroles d'or à jamais oubliées ?*

Le superintendant ralentit pour ne pas écraser une meute de chiens qui jouaient avec une balle en chiffon, puis s'engagea dans l'allée de peupliers qui menait à la demeure d'Adam Binners.

Le domestique en livrée semblait toujours être sur le qui-vive puisque, comme lors de la première visite des hommes du Yard, il sortit sur le perron avant même que Higgins et Marlow ne descendissent de la Bentley.

— Je suppose que ces messieurs veulent voir monsieur.
— Et c'est urgent, précisa Marlow.
— Si ces messieurs veulent bien patienter...
— Pas question. Conduisez-nous à votre patron.
— Mais monsieur...
— En avant, mon gaillard !

L'expression féroce du superintendant convainquit le domestique de ne pas résister davantage. Et c'est ainsi que le trio surprit le propriétaire des lieux en train de biner les plates-bandes de son jardin.

Suffoqué, Adam Binners tourna la tête en direction des arrivants.

— Inspecteur... Superintendant... Je ne vous attendais pas !
— En êtes-vous certain, Binners ? questionna Marlow, acide.
— Non... Oui... Enfin, je suis quand même surpris...
— Nous aussi, nous avons été surpris.

D'un signe de la main, Adam Binners congédia son domestique.

— Je ne pensais qu'à vous aider, messieurs... Peut-être ai-je été maladroit, mais c'était bien involontairement.

La pluie menaçait de nouveau.

Coiffé de son bonnet de docker, la pipe à la bouche, Binners était de plus en plus mal à l'aise.

— Rentrons dans la véranda... Nous y serons à l'abri.

Il y avait toujours des ancres anciennes, des photographies de bateaux célèbres, des cordages et d'autres souvenirs maritimes.

Le barbu ventripotent s'adossa à une bouée de sauvetage.

— Qu'est-ce qui se passe, messieurs ?
— Combien de temps avez-vous navigué, sur quels bateaux et dans quels coins du monde ?
— De... de longues années et sur toutes les mers du monde... Qu'est-ce que vous voulez que je vous dise de plus ?
— La vérité, Binners.
— Vous décrire tous mes voyages commerciaux serait fastidieux et...
— Il n'y a pas eu de voyages.
— Comment...
— Sur la route, en venant vers vous, j'ai reçu un appel de mon bureau. Le Yard est un organisme sérieux, et il a mené une enquête approfondie sur votre compte. Vous n'avez jamais été marin, Binners, mais vous êtes l'un des plus beaux spécimens de mythomane qu'il m'ait été donné de rencontrer. Pourquoi avoir inventé cette histoire, alors que vous êtes le fils unique d'un riche propriétaire terrien, que vous n'avez jamais quitté ce domaine et que vous avez vécu de vos rentes ?

Adam Binners se concentra sur la fumée qui sortait du fourneau de sa pipe.

— Je l'ai inventée parce que je n'ai jamais eu le courage de quitter cette propriété que je hais ! Ma peur de l'inconnu et de l'aventure me cloue au sol, et mon amour de la mer ne se réalise que dans mes rêves. Qui oserait me le reprocher ? Il y a tant de gens qui ont la chance d'atteindre leur but... Moi, le destin m'a refusé ce bonheur-là. Je n'avais aucune autre solution que de m'inventer une existence irréelle, tellement étonnante que j'ai fini par y croire moi-même. C'est pourquoi je ne quitte plus mon bonnet de marin depuis des années, comme si je m'apprêtais à monter sur un bateau en partance pour Terre-Neuve ou pour les mers du Sud. Et je passe mes nuits à lire les récits des grands navigateurs qui passèrent l'essentiel de leur vie sur l'océan, le regard tourné vers le ciel. Dauphins et baleines ont accompagné leurs bateaux, ils ont essuyé de terrifiantes tempêtes, ont vu venir vers eux des vagues monstrueuses, ont cru mille fois périr dans un naufrage. Et, mille fois, un miracle les a sauvés. Ces miracles, je les ai imaginés avec tellement d'intensité qu'ils m'appartiennent! Parfois, je m'égare vraiment et j'oublie qui je suis pour devenir Nelson ou Surcouf... Et quand je doute, je consulte des cartes maritimes et je repars dans d'interminables périples autour du monde... Oui, je ne cesse de naviguer avec les vrais marins, ceux qui détestent la terre, ceux qui n'ont de cesse de repartir et d'aller vers l'horizon pour ne surtout pas l'atteindre.

— Votre imagination ne vous aurait-elle pas entraîné dans une affaire criminelle? interrogea Higgins.

— Une affaire criminelle... Je ne comprends pas.

— Revenez sur terre, exigea Marlow. Vous n'avez quand même pas oublié que votre ami Julius Fogg avait disparu et que sa *housekeeper,* Margaret Chiswick, avait été assassinée.

Adam Binners bourra du tabac dans sa pipe.

— C'est horrible... tout à fait horrible! Il ne faut plus penser à tout ça.

— Malheureusement si, objecta le superintendant. D'autant plus que votre imagination ne s'exerce pas seulement dans le domaine de la marine.

— Vous devriez me laisser tranquille.

— Mettons les choses au clair, Binners.

CHAPITRE XXXIV

Adam Binners se cala davantage contre la bouée de sauvetage.

— Je n'ai rien à me reprocher... Rien du tout !

— Vous nous avez mis sur la piste d'un chirurgien esthétique italien, rappela Marlow, pour nous faire croire que Julius Fogg avait conçu le projet de changer de visage.

— Et quand bien même ? Il voulait peut-être changer de vie et réaliser son rêve.

— Vous saviez que c'était faux, bien entendu.

— Ça aurait pu devenir vrai...

— Jouer avec Scotland Yard, Binners, pourrait vous attirer beaucoup d'ennuis.

— Quelle importance... Ça chasserait peut-être l'ennui.

— Faisons le point sur vos mensonges, exigea Higgins.

— Mes mensonges, mais...

— Maintenez-vous ne pas connaître l'hôtel particulier des Fogg ?

Les mâchoires d'Adam Binners se crispèrent.

— Je ne sors jamais d'ici.

— Vous mentez, monsieur Binners.

Sortant brusquement de sa léthargie, le faux marin sursauta.

— Comment osez-vous...

— Quelqu'un vous a vu chez Fogg.

— Un témoin... Ce doit être... Ce bonhomme au monocle, ce Kailey ! J'avais complètement oublié son existence, mais lui n'a pas oublié la mienne. Aucune importance... Il raconte n'importe quoi.

— Non, monsieur Binners, et vous le savez fort bien. Non seulement vous vous trouviez chez les Fogg, mais encore vous êtes-vous disputé avec leur *housekeeper,* Margaret Chiswick. Pour quelle raison ?

— C'était une simple discussion, pas une dispute... Je ne connaissais pas cette femme et je n'avais aucun motif de discorde avec elle.

— Si vous continuez à mentir, déclara Higgins avec sévérité, nous serons obligés de vous arrêter pour meurtre.

— Moi ? Mais vous êtes fous !

— C'est vous qui avez présenté Margaret Chiswick à Leonora Fogg, n'est-ce pas ?

Binners regarda Higgins avec satisfaction.

— Comment le savez-vous ?

— Comment avez-vous connu Margaret Chiswick ?

Le faux marin baissa les yeux et parla à mi-voix.

— Lors d'une exposition sur la marine... Elle aimait les maquettes de bateaux et s'attardait sur une vitrine. Je lui ai parlé, elle m'a répondu, la conversation s'est engagée, nous avons pris un thé, et elle m'a confié qu'elle cherchait du travail. Comme la *housekeeper* des Fogg venait de les quitter, j'ai pensé que je pourrais aider cette femme sympathique. Et Leonora l'a jugée suffisamment compétente pour l'engager.

— Pour un homme qui ne sort jamais de chez lui, vous allez souvent à Londres.

— Uniquement lorsqu'il y a une manifestation maritime !

— Revenons à cette dispute, proposa Higgins. Voilà une femme sympathique, à laquelle vous procurez un travail chez votre meilleur ami... Tout allait pour le mieux dans le meilleur des mondes. Pourtant, vous vous heurtez violemment.

— Un incident sans gravité.

— Je ne crois pas, monsieur Binners. Un incident grave, au contraire. Mlle Chiswick a dû commettre une faute dont vous avez eu connaissance, une faute qui risquait de lui coûter sa place et de provoquer un scandale dont vous auriez été jugé plus ou moins responsable.

— Non, non... Vous vous trompez...

— Je crois que nous connaissons cette faute : Margaret Chiswick avait séduit Julius Fogg, n'est-ce pas ?

— Mais non, ce n'était pas Julius, mais son fils, Somerset !

Le faux marin garda quelques instants la bouche ouverte, comme s'il était stupéfait de sa propre déclaration.

— Pardonnez-moi... Je perds la tête et je dis n'importe quoi.

— Vous avez ordonné à Mlle Chiswick de cesser de tourner autour du jeune Fogg, et elle vous a répondu de vous mêler de vos affaires, n'est-ce pas ?

Adam Binners se concentra de nouveau sur la fumée de sa pipe.

— Il y a un point sur lequel je m'interroge, indiqua Higgins. La Rolls de Julius Fogg a été vue ici, chez vous, pour la dernière fois. Depuis, aucune trace. D'après les dernières paroles de Fogg, il serait retourné à Londres, mais nos investigations dans la capitale sont restées vaines. Une hypothèse doit être prise en compte : Julius Fogg n'a-t-il pas été attiré dans un piège ? Et qui aurait pu organiser un traquenard, sinon vous-même, monsieur Binners ?

Le barbu sursauta.

— Moi ! Mais pour quelle raison ?

— Sans doute plusieurs personnes ont-elles décidé de se débarrasser de Julius Fogg, et vous faisiez partie du complot. Votre rôle était simple : vous veniez de recevoir un appel téléphonique, de nature professionnelle, demandant à Fogg de se rendre à un endroit précis, à Londres, et sans tarder. C'est pourquoi il a précisé à votre domestique qu'il n'était pas en avance.

— Vous avez inventé toute cette histoire... Elle n'a ni queue ni tête !

— Comme le soulignait le superintendant Marlow, Scotland Yard est une institution sérieuse. Elle possède les moyens techniques de reconstituer mot à mot les instructions téléphoniques qui vous ont été données.

Adam Binners blêmit, Scott Marlow ne protesta pas, bien qu'il jugeât quelque peu choquantes les libertés que Higgins prenait avec la technologie.

— C'est vrai, avoua Binners, on m'a téléphoné...

— Qui ?

— Une drôle de voix, plutôt aiguë, mais je suis incapable de dire s'il s'agissait d'un homme ou d'une femme...

— Les paroles exactes de ce correspondant ?

— Il me demandait de dire à Julius qu'une formidable partie de poker se montait à Cockermouth, avec des joueurs d'exception appartenant à des familles nobles. La compétition devait rester secrète, et d'énormes sommes seraient en jeu. J'ai transmis le message à Julius qui a brouillé les pistes en déclarant qu'il se rendait à Londres.

— Et c'est maintenant que vous nous l'apprenez ! tonna Scott Marlow.

— Chacun a le droit de vivre son rêve... Moi, c'est la mer. Julius, le jeu. Je n'avais pas le droit de briser son rêve.

— Mais votre ami a disparu !

— Qu'est-ce que vous en savez ? Il est sûrement à Cockermouth, en train de disputer la partie du siècle.

Marlow se demanda si Adam Binners avait sombré dans une sorte de démence ou s'il était un prodigieux comédien.

— Je vous laisse en liberté, Binners, mais ne quittez pas votre domicile.

— Inutile de me demander ça, superintendant.

CHAPITRE XXXV

Le village de Cockermouth se situait dans la région des « grands lacs », le Lake District, au nord de Manchester, face à l'île de Man. Utilisant son téléphone de voiture, Scott Marlow lança ses limiers sur cette nouvelle piste, en leur demandant d'explorer le moindre recoin pour retrouver la Rolls de Julius Scott.

Quant à la vieille Bentley, elle reprit le chemin de Londres. Marlow, comme Higgins, souhaitait revoir Somerset Fogg et sa mère.

— Et si Binners continuait à raconter n'importe quoi ? avança Marlow.

— Ce n'est pas impossible... Mais j'ai eu le sentiment que, cette fois, il disait la vérité.

— Ce n'est peut-être que sa vérité à lui ! Le cerveau de ce faux marin me semble sérieusement atteint... À force de ne pas naviguer, il a fini par sombrer. Fouiller la région des grands lacs, vous imaginez ! Ça peut prendre des mois ! Et si la Rolls se trouve au fond d'un des vingt-six grands lacs ou d'une des innombrables mares de la région, nous n'avons aucune chance de la retrouver.

Higgins partageait un peu le pessimisme du superintendant, mais il évita d'accentuer son découragement.

— En attendant, le petit Fogg va nous en dire un peu plus ! Cette famille commence à me chauffer les sangs, avoua Marlow, et elle va cesser de se moquer du Yard, foi de superintendant !

— Ah... C'est encore vous, déplora Somerset Fogg, dont les longs cheveux roux, tombant sur ses épaules, n'avaient visiblement pas été lavés depuis quelque temps. Désolé, je suis occupé... À cause de mon examen, je n'ai vraiment pas le temps de discuter.

— Il n'est pas question de discuter, mon garçon, tonna Scott Marlow, mais de dire la vérité !

Le superintendant bouscula le jeune homme et, suivi de Higgins, s'engouffra dans le salon où régnait le plus parfait désordre.

— Holà, se plaignit Somerset Fogg, c'est un abus de pouvoir ! Vous n'avez pas le droit de violer mon domicile !

Marlow planta son regard dans celui de Somerset Fogg.

— Votre père a disparu, votre mère a échappé de peu à un assassin et vous, mon garçon, vous oubliez de nous révéler l'essentiel au sujet de Margaret Chiswick ! Le vase déborde, et nous pourrions bien vous accuser du meurtre de la *housekeeper* de vos parents !

Le rouquin à la chemisette noire et au pantalon rouge accusa le coup, comme un boxeur groggy.

— Vous allez où, là... Je n'ai rien à voir dans cette histoire, moi...

— Quelle était la nature exacte de vos relations avec Margaret Chiswick ? interrogea Higgins, paternel.

— Euh... c'était la *housekeeper,* elle s'occupait de tout dans l'hôtel particulier de mes parents, et...

— De tout... et de vous-même, aussi ?

L'étudiant s'affala dans un fauteuil encombré par des livres et des chaussettes.

— Il ne faudrait pas inverser les rôles, inspecteur... Cette fille était plutôt jolie et très attirante. Bref, elle me plaisait. Alors, j'avoue, je lui ai fait du charme...

— A-t-elle répondu à vos avances ?

— Justement non, et j'ai été plutôt vexé. Alors, j'ai insisté. Et ma mère s'en est aperçue. C'est la raison pour laquelle elle m'a demandé de quitter la maison et de m'installer ici. Dans le fond, comme j'aime l'indépendance, je ne m'en plains pas.

— Margaret Chiswick n'est donc pas devenue votre maîtresse ?

— Hélas ! non.

— Pourquoi votre mère ne l'a-t-elle pas renvoyée ?

— Parce que j'ai plaidé sa cause en démontrant qu'elle n'avait aucune part de culpabilité dans cette histoire et qu'au contraire elle m'avait résisté. Elle ne méritait pas de perdre sa place.

— Je suppose que vous l'avez revue, sans doute même ici, à votre nouveau domicile.

Somerset Fogg se leva brusquement, comme un diable sortant de sa boîte.

— Bien sûr que non ! Qu'est-ce que vous allez imaginer ? Je n'avais pas l'intention de persécuter cette fille.

— J'ai de la peine à vous croire, dit Marlow.

— Qu'est-ce que ça signifie ? Maintenant, vous connaissez la vérité.

— Vous vous êtes montré bien cachottier, jeune homme.

— C'était normal, non, avec tous ces drames ? Vous auriez pu croire...

— Il est bien difficile d'admettre que Margaret Chiswick et vous...

— C'est pourtant la vérité et il faudra bien que vous l'admettiez ! Mais qu'est-ce que vous allez imaginer ? Je suis un étudiant sérieux, moi, je veux travailler, faire une carrière, prouver à mon père que...

Le rouquin s'interrompit, au bord des larmes.

— Pourquoi vous ne me parlez pas de mon père ? Pourquoi vous n'arrivez pas à le retrouver ? Où est-il ?

— Nous avons peut-être une nouvelle piste, révéla Higgins, mais encore rien de concret.

Somerset Fogg s'affala de nouveau dans le fauteuil et se cacha la tête dans les mains.

Marlow décrocha son téléphone de voiture.

— Oui, Marlow... Qui ? Qu'est-ce que vous racontez !... Et où ça ? Mais ça ne tient pas debout ! Oui, nous arrivons tout de suite.

Le superintendant raccrocha et démarra.

— Leonora Fogg vient d'être victime d'une agression, révéla-t-il à Higgins.

CHAPITRE XXXVI

Le médecin traitant de Leonora Fogg barra la route de Marlow et de Higgins.

— Le comportement de la police devient tout à fait intolérable, messieurs! Vos hommes ont envahi cette clinique, mais ils sont incapables d'empêcher un attentat contre ma patiente!

Scott Marlow n'était pas d'humeur à discuter.

— Ou vous vous écartez, docteur, ou je vous inculpe de complicité de meurtre.

— Vous... vous entendrez parler de moi!

— C'est ça.

Le superintendant et l'ex-inspecteur-chef pénétrèrent dans la chambre de Leonora Fogg.

La jolie brune était assise dans son lit, un gros pansement autour de la tête.

Une chaise était renversée, des flacons de médicaments gisaient sur le sol, une bouteille d'eau avait été cassée, un rideau déchiré.

À la gauche du lit, raide comme la justice, le bobby chargé de la surveillance de la chambre de Leonora Fogg.

— Comment allez-vous, madame? s'enquit Higgins.

— Bien, inspecteur... Je vais bien.
— Acceptez-vous de répondre à nos questions ?
— Comme vous voudrez...

Marlow s'adressa au policier en uniforme.
— Que s'est-il passé ?
— J'ai entendu un bruit de lutte, Sir, et j'ai immédiatement tenté d'ouvrir la porte. Malheureusement, elle était fermée de l'intérieur. Il m'a fallu quelques secondes pour parvenir à l'ouvrir et j'ai découvert Mme Fogg étendue sur le sol, évanouie, avec une blessure à la tête. La fenêtre était ouverte. Je m'y suis précipité, mais l'agresseur avait déjà disparu. Il a dû se servir de la gouttière, sauter dans la courette et s'enfuir à toutes jambes.
— Reprenez votre faction.
— À vos ordres.

Le bobby sortit de la pièce.
— Désirez-vous un verre d'eau ou autre chose ? demanda Higgins à Eleonora Fogg.
— Merci, inspecteur... J'ai eu peur, tellement peur !
— Que s'est-il passé ?
— Je dormais et j'ai cru que je faisais un mauvais rêve... Quelqu'un avait réussi à ouvrir la fenêtre de ma chambre de l'extérieur et à s'y introduire... Un homme vêtu de noir et portant une cagoule, une matraque à la main... J'ai ouvert les yeux, et ce n'était pas un rêve ! Il était là, devant moi, et il me frappait pour me tuer !

Leonora Fogg s'était redressée, les yeux remplis de terreur, comme si elle revivait la scène.
— Combien de fois vous a-t-il frappée ?
— J'ai réagi comme un félin... Quand j'ai vu la matraque s'abattre, j'ai bondi hors du lit, et je crois que je n'ai ressenti qu'un coup violent à la tête... Mais je n'étais pas assommée, et j'ai tenté de courir vers la

porte. Mais il a été plus rapide que moi et il a tiré le verrou. J'ai cru que j'étais perdue... J'ai agrippé la chaise, j'ai tenté de me défendre, j'ai glissé... Et puis j'ai espéré : le bobby tentait d'enfoncer la porte ! L'homme en noir a disparu par la fenêtre, je me suis évanouie... Mais qui m'en veut au point de vouloir me tuer... Qui ?

— Nous tenterons de répondre à cette question.

— Avez-vous enfin retrouvé mon mari, inspecteur ?

— Malheureusement non, madame ; mais nous suivons une nouvelle piste qui paraît plus sérieuse que les autres.

— Je ne comprends rien à tous ces drames... Nous menions une existence heureuse et tranquille et soudain tout s'écroule ! Une malédiction... Nous sommes victimes d'une malédiction.

— Votre fils Somerset est-il venu vous voir ?

— Oui, inspecteur... Et cette visite m'a beaucoup réconfortée. Somerset est un garçon un peu fou, mais tellement gentil...

— Pourquoi lui avez-vous demandé de quitter le domicile familial ?

Leonora Fogg ferma les yeux.

— Une histoire sans importance...

— C'est à cause de Margaret Chiswick, n'est-ce pas ?

— Sans importance, je vous l'affirme.

— N'y avait-il pas une liaison entre eux ?

— Non, inspecteur, non ! Vous vous trompez complètement.

— Dites-nous la vérité, je vous en prie.

La jolie brune avala sa salive.

— Je vous l'ai dit, Somerset est un jeune homme

un peu fou... Bien qu'il soit étudiant en mathématiques, c'est un passionné qui s'emballe facilement... Quand il a vu Margaret, il est tombé bêtement amoureux et lui a fait des avances. Mais Margaret l'a repoussé.

— Comment votre fils a-t-il réagi ?

— Il n'a pas l'habitude qu'on lui refuse ce qu'il désire... C'est pourquoi j'ai jugé nécessaire de l'éloigner.

— Et vous n'avez pas renvoyé Margaret Chiswick.

— Ç'aurait été injuste... Elle était une excellente *housekeeper* et n'avait commis aucune faute.

— Merci de votre sincérité, madame.

— Si je me suis tue jusqu'à présent, c'est pour que vous ne soupçonniez pas mon fils... Il est passionné, mais hostile à toute violence. Jamais il n'aurait fait de mal à cette pauvre fille. Soyez-en sûr, inspecteur, soyez en bien sûr !

Higgins proposa un verre d'eau à Leonora Fogg, qui but lentement.

— Le nom de Veronica Guilmore vous est-il familier ?

Leonora Fogg ouvrit des yeux étonnés.

— Non... Qui est-ce ?

— Adam Binners, le meilleur ami de votre mari, est bien venu chez vous ?

— Binners ne sort pas beaucoup de chez lui, mais il vient à Londres dès qu'il y a une exposition concernant les grandes expéditions maritimes. Nous l'avons reçu quelquefois, bien que ce ne soit pas un hôte très agréable.

— Il connaissait donc Margaret Chiswick.

— Il l'a croisée, en effet, comme n'importe lequel de nos hôtes.

Higgins consulta ses notes.

— Votre ami est un homme d'affaires et vous-même, madame, avez des compétences affirmées dans le domaine financier. J'ai pensé que vous déteniez peut-être chez vous des documents confidentiels que vous ne désiriez confier à aucune institution.

— Vous vous trompez, inspecteur... C'étaient des habitudes d'autrefois, mais elles n'ont plus cours.

— Reposez-vous, madame Fogg, et rassurez-vous : nous renforçons notre système de sécurité pour rendre impossible toute agression contre vous.

CHAPITRE XXXVII

Avec une minutie digne d'un archéologue, Higgins scruta la moindre parcelle de la courette. L'agresseur de Leonora Fogg avait utilisé la gouttière pour y descendre et s'enfuir en empruntant un couloir qui débouchait dans la rue en longeant la clinique.

L'ex-inspecteur-chef vérifia que la surface bétonnée, tant dans la courette que dans le couloir, ne présentait ni fracture ni orifice, et qu'il n'y avait aucune niche dans les murs. Puis il arpenta la rue dans les deux sens en s'attardant sur les caniveaux.

Bien qu'il considérât que son collègue prenait un peu trop son temps, Marlow ne l'importuna pas. Dans ces moments-là, la concentration de Higgins était si extrême qu'il n'entendrait aucune question. Enfin, l'ex-inspecteur-chef parut en avoir terminé, lorsqu'il prit des notes sur son carnet noir.

— Avez-vous trouvé quelque chose, Higgins ?
— Rien, superintendant. Absolument rien.
— Et... vous comptez continuer vos recherches ?

Higgins se dirigea vers un fromager qui exposait des spécialités anglaises, comme le stilton, et quelques espèces françaises, dont un authentique roquefort et un brie de Meaux.

Le patron était un moustachu racé et stylé, comme un colonel de l'armée des Indes.

— Ces messieurs désirent ?

— Une lichette de roquefort et une languette de brie.

— Je vais même vous faire goûter un munster dont vous me direz des nouvelles... avec un bordeaux grand cru bourgeois, bien entendu !

Scott Marlow se laissa tenter et ne le regretta pas. Il acheta même une belle portion de roquefort pour accompagner sa prochaine bouteille de whiskey écossais.

— Vous êtes en face du couloir qui mène à la courette de la clinique, observa Higgins.

— Il n'est plus souvent utilisé, répondit le fromager. Les infirmiers ne passent plus par là depuis longtemps.

— Ce matin, vers neuf heures, avez-vous vu sortir quelqu'un du couloir et s'élancer en courant dans la rue ?

— Non, inspecteur.

— Auriez-vous pu le manquer ?

— Possible... Il y avait du brouillard. Mais un homme qui court, dans cette rue plutôt tranquille, ça se remarque. Évidemment, s'il s'était contenté de marcher, comme n'importe quel passant, je n'y aurais pas prêté attention.

Les rapports s'accumulaient sur le bureau de Scott Marlow. En une seule journée, plus de trente témoins affirmaient avoir vu Julius Fogg dans les endroits les plus divers : une garderie d'enfants à Liverpool, une école de danse à Brighton, le musée du monstre du Loch Ness, un croiseur de la Royal Navy... Toutes les vérifications avaient été faites.

En vain.

— Du nouveau du côté de Lake District ? demanda Higgins au superintendant.

— Un indice intéressant : un pompiste a fait le plein d'une Rolls le jour qui nous concerne. Malheureusement, il y avait de la pluie et du brouillard, et il est incapable de donner une description précise du conducteur.

— A-t-on vu la voiture à Cockermouth ?

— Non. Si elle a pris cette direction, elle n'y est jamais arrivée. À moins que le renseignement qui nous a été donné ne soit inexact...

— Avez-vous obtenu des informations sur Veronica Guilmore ?

— Elle a une excellente réputation mais n'a pas repris son travail. Inquiet, son employeur a demandé à un médecin de passer la voir. Il l'a trouvée profondément déprimée et lui a ordonné de se reposer. Une jeune femme très sensible, on dirait. Serait-ce notre visite qui aurait provoqué cette réaction ?

— Passons la voir, proposa Higgins. Ensuite, nous partirons pour Lake District.

Oakley Street était paisible, sous une pluie fine et régulière.

Higgins sonna à la porte de Veronica Guilmore, mais elle ne répondit pas. L'ex-inspecteur-chef insista, sans succès.

— Nous reviendrons plus tard, proposa Marlow.

— Ce serait peut-être imprudent.

— Mais enfin, Higgins ! Vous ne comptez pas entrer... par effraction ?

— Supposez que Mlle Guilmore ait eu un malaise.

— Tout de même...

Higgins utilisa un passe qui ouvrait n'importe

quelle porte. Celle de Veronica Guilmore ne fit pas exception à la règle.

Il découvrit la jeune fille évanouie, étendue de tout son long sur le tapis de son salon, au pied de la commode surmontée d'un miroir vénitien.

— Appelons un médecin ! s'exclama Marlow.

— Un instant.

Bravant son arthrose, Higgins s'agenouilla pour prendre le pouls de Veronica Guilmore, à la manière des thérapeutes orientaux. En Extrême-Orient, il avait appris à faire un diagnostic et à donner les premiers soins.

— Ce n'est pas grave. Auriez-vous l'obligeance d'aller me chercher un gant de toilette dans la salle de bains, mon cher Marlow, et de l'humecter avec du parfum ?

Aucune trace de coup ni de blessure.

Higgins posa le gant de toilette sur le haut du front de la jeune fille et, avec l'index, massa des points précis sur les paupières, les tempes et à la base du cou.

Veronica Guilmore revint lentement à elle.

— Vous... vous êtes l'inspecteur Higgins ?

— Oui, mademoiselle. Et vous êtes hors de danger.

— Je... je suis désolée... C'est si stupide, si...

— Avez-vous absorbé une substance toxique ?

— Non, non... Je n'ai rien absorbé. Mais j'aurais dû le faire.

Higgins aida la jeune fille à se redresser et à s'asseoir.

— Pourquoi ce désespoir, mademoiselle ?

— Je n'ai plus aucune nouvelle de Julius et j'ai peur pour lui.

Le visage ovale, aux traits fins, était empreint d'une profonde angoisse.

— Ni appel téléphonique, ni lettre ?
— Le silence, inspecteur, le silence total !
— Personne n'est venu vous voir ?
— Personne, sauf un médecin envoyé par mon employeur. Depuis que Julius a disparu, j'ai pris conscience de ma solitude. Avec lui, mon seul ami, la vie possédait des couleurs. Sans lui, elle est vide et triste. Je ne suis pas une paresseuse, inspecteur, mais je n'ai plus la force de travailler, de tenir un rôle, de sourire à des passagers. Je pense sans cesse à la disparition de Julius, comme si son absence était une épreuve insurmontable. Il faut que je me reprenne, je le sais, mais je n'y parviens pas.

Veronica Guilmore leva les yeux vers Higgins.

— Pourquoi vouliez-vous me revoir... Pour m'annoncer que Julius...

— Nous ne disposons encore d'aucune information sérieuse.

— Et pas la moindre piste ?

— Le superintendant et moi-même allons en vérifier une qui nous paraît plus sérieuse que les autres.

— Je vais prier, inspecteur. Je ne vais pas cesser de prier.

CHAPITRE XXXVIII

La vieille Bentley du superintendant avait vaillamment roulé jusqu'à Lake District, avalant avec ardeur les trois cent soixante kilomètres qui séparaient cette superbe région de la capitale. Le temps était splendide, le ciel parsemé de petits nuages blancs qui dansaient une sarabande au-dessus des douze grands lacs, longs de dix à vingt kilomètres, et de nombreux petits lacs dont le nombre était de cinq cents, selon certains randonneurs.

Des montagnes dépourvues d'agressivité avec le point culminant de l'Angleterre, Scaffel Pike, à 978 m, des cols plutôt doux, des vallons tranquilles, des prairies où évoluaient des agneaux petits et légers, des routes étroites parfois bordées de hautes herbes et même un endroit portant le nom d'Eden : tel se présentait le séduisant Lake District, dont un poète avait vanté les magnifiques jonquilles dans un texte :

Daffodils, daffodils, daffodils,
Oh daffodils, daffodils, daffodils !

que Higgins jugeait un peu répétitif.

La Bentley se gara devant le modeste poste de

police de Cockermouth. Marlow et Higgins y furent accueillis avec chaleur par un *constable* épanoui et jovial, ravi d'accueillir deux éminents collègues.

— Vous arrivez au bon moment, messieurs ! Toutes les forces de police de Lake District ont tenté de retrouver la trace de Julius Fogg et de sa Rolls... Et nous sommes partis du poste à essence où le conducteur a fait le plein, à une dizaine de miles d'ici. Moi, je suis têtu ! Vous m'avez fait dire que Fogg devait se rendre dans mon village et je l'ai donc cherché partout, ici même.

— Et... vous l'avez trouvé ? interrogea Marlow.

— Il y a quelques années, un Américain a pris sa retraite ici. Un joueur professionnel. Quelques indiscrétions m'ont permis d'apprendre que, de temps à autre, il organisait des parties d'enfer avec des personnalités capables de jouer gros. Il s'appelle Flanagan et habite dans une belle maison, à la sortie du village.

— A-t-il reconnu avoir rencontré Julius Fogg ?

— Il a fallu que je m'énerve un peu et que je me montre menaçant pour que Flanagan accepte de vous parler... Mais j'ai dû lui promettre l'impunité totale. Il ne veut pas d'ennuis et compte passer une retraite tranquille. Êtes-vous d'accord ?

Ce genre de pacte heurtait le sens déontologique de Marlow, mais il n'avait pas le choix.

— Allons-y.

Flanagan était un Américain bourru, au faciès épais et aux mains larges comme des battes de base-ball.

— D'accord, vous êtes Scotland Yard... Mais moi, je vis dans la plus parfaite légalité et je refuse les embêtements. Okay ?

— Si vous répondez sincèrement à nos questions, promit Higgins, vous n'en aurez aucun.

— Le *constable* m'a donné sa parole. Je veux la vôtre.

— Vous l'avez.

— Bon... Je suis d'accord pour vous répondre.

— Aviez-vous l'intention d'organiser une partie de poker réunissant des joueurs fortunés ?

— J'ai fait ça, autrefois. Maintenant, c'est fini. C'est pour ça que j'ai été étonné quand j'ai reçu un coup de fil bizarre d'un type qui m'a annoncé la venue d'un très grand joueur.

— Vous a-t-il donné son nom ?

— Non... Il s'est contenté de dire que le joueur en question viendrait forcément chez moi parce que, même à la retraite, j'étais célèbre dans le monde du jeu et qu'un poker d'enfer, dans la région, ne pouvait avoir lieu que chez moi.

— Et c'est la vérité ?

Flanagan parut gêné.

— Il y a encore quelque temps, c'était plutôt vrai... Mais maintenant, je m'occupe de mes rosiers.

— Et cette visite a bien eu lieu ?

— Oui. Un type très bien habillé qui est descendu d'une grosse voiture.

— Quelle marque ?

— Vous me croirez si vous voulez, mais il y avait tellement de brouillard que je ne l'ai pas bien vue.

— Et lui, poursuivit Higgins, vous a-t-il donné son nom ?

— Il m'a dit qu'il s'appelait Julius Fogg.

Marlow montra à Flanagan une photographie de Julius Fogg.

— C'est bien cet homme-là ?

— Oui, c'est bien lui.

— Que vous a-t-il dit ?

— Qu'il venait pour une partie de poker de première grandeur.

L'Américain s'essuya le front avec un mouchoir.

— Quelle fut votre réaction ?

— Le type, au téléphone, il m'avait recommandé de me méfier de ce gars... En fait, c'était un flic de la police des jeux qui voulait savoir si j'organisais des paris clandestins.

Le sang de Scott Marlow se mit à bouillir.

— Alors, vous avez tué Julius Fogg pour le réduire au silence !

— Mais qu'est-ce que vous allez imaginer ! Je ne lui ai fait aucun mal, à votre bonhomme !

— Et comment vous êtes-vous débarrassé de lui ?

— Le type, au téléphone, il m'avait donné des instructions...

— Lesquelles, Flanagan ?

— Dire à ce flic que la partie n'avait pas lieu chez moi, mais dans une propriété située près de la pointe sud du lac Crummock, au bout d'une route en cul-de-sac.

— Et vous n'avez pas pensé un seul instant que vous envoyiez Julius Fogg dans un traquenard ?

— Mais c'était un flic de la brigade des jeux, votre bonhomme ! Et pourquoi il y aurait du danger ? Je l'envoyais n'importe où et, moi, je restais tranquille.

— Comment s'est comporté Julius Fogg ? demanda Higgins.

— Il était très excité ! Il voulait savoir si je venais avec lui, mais je lui ai répondu que la partie était trop forte pour moi. Alors, il a voulu savoir si je possédais une carte précise de l'endroit. Je la lui ai montrée, il l'a consultée et il est parti.

— Vous mériteriez que je vous mette au trou, dit le superintendant avec hargne.
— Holà, vous avez promis ! Je n'ai rien fait de mal, moi... Et en plus, je vous donne un coup de main.

CHAPITRE XXXIX

Le paysage était magnifique.

Les alentours du lac Crummock exprimaient une certaine rudesse, notamment en raison de pans de montagne qui semblaient se précipiter dans le lac de manière assez abrupte. Mais une tendre plaine et de beaux carrés de verdure atténuaient cette impression et soulignaient le caractère paisible de la contrée.

Le cortège comprenait la Jeep du *constable,* dans laquelle Higgins et Marlow avaient pris place, et deux voitures de police.

Il n'eut aucune peine à trouver l'endroit indiqué par Flanagan.

Une grande maison austère, dont tous les volets étaient fermés.

— C'est bien ce que je pensais, dit le *constable.* Cette propriété est inoccupée depuis plusieurs années.

Higgins ne put réprimer un léger frisson.

— Si vous voulez, inspecteur, on entre.

— Faisons d'abord le tour de la maison.

Les trois hommes descendirent de la Jeep et progressèrent dans une allée où poussaient de mauvaises herbes.

— Il y a des traces de pneus, remarqua Scott Marlow.

— Oui, deux voitures.

La Rolls se trouvait derrière la maison.

Affalé sur son volant, Julius Fogg.

Malgré la distance, Babkocks avait tenu à faire le voyage sur sa moto, un vestige d'el-Alamein qu'il réparait lui-même et qui continuait à pétarader avec une surprenante vigueur.

Le légiste avait tout lâché pour se rendre immédiatement sur les lieux, car il préférait passer en premier, n'ayant aucune confiance dans la technique de ses collègues et redoutant que même l'identité judiciaire ne commette une bourde.

Le temps avait changé.

Et c'est sous la pluie que Babkocks donna à Higgins et à Marlow les conclusions de son premier examen.

— Deux balles dans le cœur, presque à bout portant. Petit calibre. Ton Fogg était debout quand il a été tué, face à son assassin qui a ensuite installé le cadavre au volant.

— Aucune trace de coup ?

— Non, il n'y a pas eu de bagarre. La date de la mort ne sera pas facile à fixer, Higgins, mais à première vue, elle devrait correspondre au jour que tu m'as donné.

Babkocks alluma un énorme cigare. La fumée fit s'envoler des corbeaux, des mésanges et des rouges-gorges.

— Bon... Tu me fais livrer le client à mon labo. Mais n'espère pas de grandes révélations. Je ne dois pas être loin de t'avoir tout dit.

Higgins, Marlow, le *constable* et l'équipe de techniciens du Yard avaient élu domicile au Heelis Manor, un charmant cottage que l'on pouvait louer à la semaine et qui était entièrement meublé en faux gothique. Les poutres, elles, étaient d'époque, et les lustres diffusaient une lumière à la fois précise et douce qui permettaient aux policiers d'examiner les indices découverts dans la voiture du malheureux Julius Fogg.

Pour lutter contre l'intense émotion que tous avaient éprouvée en découvrant le cadavre, Higgins avait commandé un dîner susceptible de redonner un peu d'énergie aux enquêteurs : un char grillé, le rare et exquis poisson du lac Windermere, une fricassée de veau aux champignons, un canard aux airelles, un pudding au gingembre et une tarte au rhum et aux épices, le tout arrosé d'une Amazon Bitter, une bière qui tenait la distance.

À l'issue de ce repas au cours duquel les participants avaient sympathisé, il fallut bien passer aux choses sérieuses. Après le passage de l'identité judiciaire qui avait pris plusieurs centaines de photos et relevé les empreintes, le *constable* avait sorti plusieurs objets de la Rolls pour les déposer sur une grande table de chêne.

L'heure était venue de les faire parler.

Higgins chaussa des gants de fin cuir marron et s'occupa d'abord d'un attaché-case.

L'ouvrir ne présenta aucune difficulté.

— Par tous les saints du paradis ! s'exclama le *constable*. Il y a une véritable fortune là-dedans !

— Une belle quantité de billets de banque usagés, en effet. À vue d'œil, plusieurs millions de livres sterling.

— Julius Fogg avait prévu de jouer gros, estima le superintendant.

— Et s'il avait prévu de quitter le pays en emportant avec lui une somme occulte ? avança le *constable*. Toute cette histoire de partie de poker n'est peut-être qu'un rideau de fumée pour dissimuler une belle évasion financière... Après tout, Julius Fogg en avait peut-être assez de l'existence qu'il menait. Il ne serait pas le premier homme d'affaires à émigrer vers des îles chaudes et ensoleillées.

— En ce cas, interrogea Marlow, pourquoi a-t-il été assassiné ?

— Parce qu'il s'est trompé de passeur ! Il a fait confiance à un personnage malhonnête.

— Hypothèse non négligeable, admit Higgins, mais elle se heurte à deux faits : d'une part, cette région n'est pas la plus propice à une fuite vers l'étranger et, d'autre part, l'assassin se serait emparé de cette fortune en billets usagés.

— Oui, évidemment... Il y avait bien une partie dans l'air.

— C'est du moins ce qu'a cru Julius Fogg. Mais l'assassin, lui, aurait peut-être dû faire disparaître cet argent pour nous mettre sur une fausse piste.

Le visage épanoui du *constable* s'orna d'un large sourire.

— Vous, inspecteur, vous connaissez le nom de l'assassin ! Il croyait avoir commis le crime parfait et, à cause de cette erreur-là, il est pris au collet !

Marlow trouvait un peu rustique l'intervention de son collègue mais, au fond, il souhaitait qu'il eût raison et que Higgins donnât le nom du coupable.

— Je ne voudrais pas vous décevoir, dit l'ex-inspecteur-chef, mais il est encore un peu tôt pour tirer des conclusions définitives.

Higgins s'empara d'une pochette de cuir marron et en sortit un billet d'avion.

Destination : Rio de Janeiro.

CHAPITRE XL

— Rio de Janeiro... C'est le Brésil ! constata le *constable*. Alors là, on en revient à ma théorie ! Julius Fogg n'avait pas du tout l'intention de jouer une partie de poker, mais bel et bien de quitter l'Angleterre pour le Brésil, en emportant avec lui une coquette somme pour s'installer au soleil.

Scott Marlow était troublé. Il attendit une réaction de Higgins, mais l'ex-inspecteur-chef ne fit aucun commentaire et ouvrit une boîte en carton d'où il sortit un revolver qu'il tendit à un spécialiste de la balistique.

— Le numéro de série a été gratté, constata ce dernier. Et cette arme n'a jamais servi.

— Possède-t-elle des particularités ?

— Elle était des plus banales il y a une trentaine d'années et n'est plus utilisée aujourd'hui. C'est une sorte de pièce de collection.

Le *constable* se gratta la tête.

— Ça alors, ça devient vraiment compliqué... Une arme à feu qui n'a jamais servi, pourquoi Julius Fogg l'avait-il emportée, sinon pour se défendre ou bien... pour menacer quelqu'un ! Oui, c'est logique : le numéro était gratté pour qu'on ne puisse pas identifier l'arme après usage.

— Mais il n'y avait pas de balles, objecta Scott Marlow.

— Parce que Julius Fogg n'était pas un spécialiste des armes à feu et qu'il n'avait pas l'intention de blesser quelqu'un ! Il voulait simplement impressionner son interlocuteur qui, lui, a fait vraiment usage de son arme.

— En ce cas, pourquoi aurait-il gratté le numéro de série ? C'est le genre de précaution que prend un professionnel.

— Question difficile, superintendant.

Le *constable* se gratta de nouveau la tête pendant que Higgins sortait d'une housse trois raquettes de tennis.

Scott Marlow, qui ne pratiquait pas ce sport, fut tout de même frappé par la qualité des objets.

Higgins qui, lors d'une enquête, avait eu l'occasion de jouer sur le court central de Wimbledon[1], fut, lui aussi, assez étonné.

— Ce sont des raquettes de très grand prix, commenta-t-il. Le moindre détail est soigné. Jouer avec des raquettes comme celles-là doit être un véritable plaisir.

— Et ma thèse se confirme ! ajouta le *constable*. Quand on part pour l'étranger en cachette, on n'emporte avec soi que ses objets préférés. Fogg devait être un passionné de tennis qui ne pouvait se séparer de ses raquettes préférées.

Restait une sorte de chiffon orange que Higgins déplia lentement pour faire apparaître un chandelier ancien.

---

1. Lire : *Balle mortelle à Wimbledon.*

Il était pourvu d'une longue et épaisse partie pointue en métal, dans laquelle on pouvait enfoncer de grosses bougies. Tout au long de cette partie, des taches brunes.

— Du sang, jugea Scott Marlow. Et si nous avions retrouvé l'arme du crime ?

Le laboratoire du Yard avait travaillé aussi vite qu'il le pouvait, pendant que Marlow faisait les cent pas dans son bureau et que Higgins lisait un florilège de poèmes chinois anciens.

— Mais qu'est-ce qu'ils fabriquent ! Ce n'est quand même pas un monde de faire une analyse aussi simple que celle-là !

— Mieux vaut laisser aux spécialistes le temps nécessaire pour supprimer toute possibilité d'erreur.

— Bien sûr, bien sûr... Mais tout de même !

Enfin, le directeur du laboratoire central pénétra dans le bureau du superintendant.

— Voilà votre résultat, Marlow. Bon, je file. J'ai encore un bon nombre de taches suspectes à examiner.

Scott Marlow se jeta sur le rapport.

— Par saint George, Higgins ! Les résultats ne présentent aucune ambiguïté : les traces de sang retrouvées sur le chandelier appartiennent bien à Margaret Chiswick ! Et voilà toute la vérité, simple et horrible... Julius Fogg a assassiné Margaret Chiswick, et il a pris la fuite en espérant disparaître au Brésil avec une somme d'argent suffisante pour se fabriquer une autre vie. Mais son projet a tourné court, et Fogg a trouvé plus malin que lui.

De son écriture fine et rapide, Higgins prit des notes sur son carnet noir.

— Nous pouvons presque refermer le dossier Julius Fogg, estima Marlow. Il nous reste à identifier son assassin, mais nous n'avons aucune piste pour le moment.

— Ne soyez pas si pessimiste, superintendant.

— Mais enfin, Higgins! Vous n'allez quand même pas contester les résultats du laboratoire!

— Certes pas, mais la science peut parfois nous entraîner dans de mauvaises directions.

— Fogg est un assassin... C'est une triste réalité, mais personne ne peut plus la nier.

— Rappelez-vous, mon cher Marlow : combien de fois, au cours de votre carrière, avez-vous trouvé l'arme du crime chez un suspect qui, en fin de compte, n'était pas l'assassin ?

— Je vois où vous voulez en venir, Higgins : vous supposez que Fogg a été victime d'un complot diabolique... Jusqu'à un certain point, je suis d'accord avec vous, mais jusqu'à un certain point seulement! D'accord, Julius Fogg a raté son coup, puisqu'il a été assassiné. Mais votre première hypothèse était la bonne : Fogg était bien l'amant de Margaret Chiswick qui a essayé de le faire chanter en menaçant de le dénoncer à sa femme. Pris de panique, Fogg a tué sa *housekeeper*. Au moment du crime, il a failli être surpris par son épouse. Dans son affolement, il a failli la tuer mais a préféré prendre la fuite.

— Et qui serait, d'après vous, l'assassin de Julius Fogg?

Scott Marlow prit un air buté.

— Binners est un peureux, Kailey est âgé, je n'imagine pas un fils tuer son père, le patron du pub n'a d'yeux que pour son affaire, Veronica Guilmore est une fille fragile, Leonora Fogg est à la clinique... Et si celui qui l'a agressée était aussi l'assassin de Julius Fogg ? Il y a quelqu'un qui a décidé de détruire cette famille, Higgins !

Un inspecteur apporta le courrier au superintendant.

— Tout un tas de témoignages farfelus sur Fogg, Sir... Et une lettre anonyme.

Irrité, Marlow commença par cette dernière, bien qu'il eût horreur de ce genre de correspondance.

Le texte était composé avec des caractères découpés dans les journaux.

Scott Marlow pâlit.

— Si ce texte dit la vérité, Higgins, nous connaissons l'assassin. Et nous sommes à la veille d'un épouvantable scandale.

CHAPITRE XLI

L'agent de police Jameson Rigobert-Farlow pénétra dans le pub « La Salamandre et le Dragon » où une vingtaine de journalistes étaient en ébullition.

Depuis quelques heures circulaient les rumeurs les plus folles : Julius Fogg aurait été retrouvé dans le Middlesex avec deux superbes brunes, une Angolaise spécialiste des envoûtements, et une Française interdite de casino pour avoir tenté de truquer des roulettes. *The Sun* se préparait à imprimer ces informations provenant d'indiscrétions de Scotland Yard, tandis que ses confrères hésitaient encore, d'autant que d'autres sources non identifiées évoquaient le cadavre de Fogg découvert au bord d'un lac écossais, sauvagement mutilé. Et, selon un correspondant anonyme du ministère de l'Intérieur, trois tentatives d'attentat auraient été perpétrées contre Leonora Fogg, désormais aux portes de la mort. Personne n'ayant vraiment le temps de vérifier ces bruits, il valait mieux les imprimer, et l'on trierait ensuite la vérité de l'erreur. Seul comptait le nombre de journaux vendus. Le public aimait le sensationnel et il en aurait.

Et Anthony White ne cessait pas de servir des pintes de bière et de whisky. Son pub était envahi par un flot de curieux assoiffés, qui espéraient grappiller une information sulfureuse.

— Vous avez l'air débordé, dit Jameson Rigobert-Farlow au patron du pub.

— Ça, vous pouvez le dire ! Mais je ne vais quand même pas me plaindre... Un pub est fait pour marcher, et le mien marche bien. Mais je vous reconnais, vous... Vous êtes le policier qui êtes allé chez les Fogg, le soir du drame ?

— Oui, c'est bien moi.

— Je peux vous offrir une pinte ?

— Bien volontiers. Vous savez, j'aime beaucoup votre pub. Il est chic, la décoration est superbe, et l'on s'y sent vraiment bien.

— Merci pour ces compliments... Ils me font vraiment plaisir.

La bière était excellente.

Jameson Rigobert-Farlow était vêtu de son classique costume bleu trois-pièces, et il ressemblait davantage à un homme d'affaires qu'à un bobby. Et la magie jouait de nouveau : se trouver ici lui faisait vivre un rêve plus merveilleux que de faire la sieste au pied d'un cocotier et de se bronzer sur une plage de sable blanc.

— Dites-moi, jeune homme... J'entends les choses les plus invraisemblables sur l'affaire Julius Fogg, dans ce pub... Est-ce que Scotland Yard va bientôt publier un communiqué officiel ?

— Au Yard, on ne parle que de ça, mais je ne suis pas assez haut placé pour avoir des informations fiables. J'ai simplement appris que le superintendant Marlow était revenu d'un voyage en province.

Deux hommes habillés d'un imperméable vert entrèrent dans le pub, s'adressèrent à un serveur, puis se dirigèrent vers Anthony White.

— Vous êtes le patron ? demanda l'un d'eux.
— Oui, mais...
— Scotland Yard.
— À votre service...
— Nous cherchons l'un de vos clients.
— Comment s'appelle-t-il ?
— Jameson Rigobert-Farlow.
— Ben ça alors... Il est là, devant moi.

Les deux inspecteurs se tournèrent vers le bobby en costume bleu.

— Vous êtes bien Jameson Rigobert-Marlow ?
— Oui, mais j'appartiens à Scotland Yard.
— Suivez-nous sans faire d'histoires.
— Je ne comprends pas... Qu'est-ce qui se passe ?
— On n'en sait rien. Nous, on a reçu l'ordre de vous emmener au Yard, un point c'est tout.

Héberlué, Jameson Rigobert-Farlow sortit du pub, encadré par ses deux collègues.

— Ça alors, marmonna le patron du pub, c'est bien la première fois que je vois des flics arrêter un flic !

Tétanisé, Jameson Rigobert-Farlow eut grand-peine à s'asseoir face au superintendant Scott Marlow qui trônait derrière son bureau. Quant à Higgins, il se tenait debout près de la fenêtre.

— Alors, mon garçon, vous êtes prêt à tout nous dire ?
— Tout vous dire... Je ne comprends pas, superintendant.
— Ne jouez pas au plus fin avec nous !
— Mais je ne joue pas... Je suis prêt à répondre à toutes vos questions, mais je ne comprends pas...
— Vous avez été interpellé au pub « La Salamandre et le Dragon », n'est-ce pas ?
— Oui, c'est vrai... Ce n'est pas un endroit adapté à

mon salaire, je le reconnais, mais je m'y plais beaucoup... Alors, je préfère mettre mes économies dans une bonne pinte de bière que dans d'autres distractions.

— Ne dit-on pas que l'assassin revient toujours sur les lieux de son crime ?

Jameson Rigobert-Farlow blêmit.

— Pourquoi... pourquoi dites-vous cela ?
— Connaissez-vous Lake District ?
— Oui, superintendant... Je me suis promené deux ou trois fois dans cette superbe région.
— Quand y êtes-vous allé pour la dernière fois ?
— Un peu plus de deux ans, je crois.
— En êtes-vous bien sûr ?
— Je ne me souviens pas de la date exacte, mais c'est à peu près ça.
— Un policier de Scotland Yard a-t-il le droit de mentir effrontément ?

Le jeune homme fut piqué au vif.

— Mais je ne mens pas !
— Le jour de l'assassinat de Margaret Chiswick, où vous trouviez-vous, avant de vous rendre au pub ?
— Comme je n'étais pas de service, je me suis promené.
— Dans quel quartier ?
— Du côté de la Tour de Londres.
— Pendant combien de temps ?
— Je ne me souviens pas... Je n'ai pas fait attention.
— Avez-vous rencontré quelqu'un qui pourrait corroborer votre alibi ?
— Non, superintendant... mais pourquoi utilisez-vous le terme d'alibi ?

Scott Marlow se fit sévère.

— Et si vous ne vous étiez pas promené du côté de la Tour de Londres avant de vous rendre au pub « La Salamandre et le Dragon » ? Et si vous vous étiez rendu à un tout autre endroit dont vous ne souhaitez pas parler ?

— Je ne comprends pas, vraiment pas...

— Vous vous êtes introduit dans l'hôtel particulier des Fogg pour y assassiner Margaret Chiswick.

Jameson Rigobert-Farlow sembla au bord du malaise.

— Ce n'est pas vrai, superintendant, ce n'est pas vrai... Je n'ai pas commis ce meurtre...

— Vous avez été dénoncé par une lettre anonyme, mon garçon.

— C'est une ignominie, superintendant ! Vous ne pouvez pas croire une chose pareille !

— Je suis contraint de tenir compte de ce document, d'autant plus que vous ne pouvez me fournir aucun alibi qui vous disculperait.

— Je ne suis pas coupable, je vous le jure !

CHAPITRE XLII

Entre Higgins et le Commissioner Chief Constable, le grand patron de Scotland Yard, les relations n'avaient jamais été au beau fixe. Lorsque cet aristocrate glacial avait brutalement convoqué Scott Marlow dans son bureau, c'était pourtant l'ex-inspecteur-chef qui s'était substitué à son collègue pour affronter la tempête.

— Tiens, inspecteur-chef Higgins... De retour dans nos murs ? Je vous croyais pourtant à la retraite !

— Rassurez-vous, Sir, j'y suis toujours.

— Mais vous vous occupez quand même de l'affaire Julius Fogg.

— Si peu, Sir, si peu... J'étais surtout venu saluer mon collègue, le superintendant de première classe Scott Marlow.

— On ne peut pas dire qu'il soit bien brillant, ces temps-ci ! Cette affaire traîne de manière déplorable, et la presse ne va pas tarder à attaquer Scotland Yard pour inefficacité !

— Elle aurait tort.

— Comment, elle aurait tort ? Vous avez arrêté l'assassin ?

— Pas encore, Sir.

— Ah, je comprends ! Encore l'une de vos fameuses intuitions qui ne se fondent sur aucune preuve concrète !

— Je ne suis pas aussi pessimiste que vous.

— Eh bien, mon cher Higgins, j'ai des raisons de l'être ! Il paraît que Marlow a arrêté l'un de nos hommes ?

— Le terme est excessif, Sir. Il s'agissait d'un simple interrogatoire, à la suite d'une lettre anonyme dénonçant Jameson Rigobert-Farlow comme assassin.

— Et vous me dites ça tranquillement, comme si vous me donniez le résultat d'un match de cricket ! Est-ce que vous vous rendez compte, Higgins ? Un policier assassin, un policier de Scotland Yard ? Le scandale ne pourra pas être étouffé bien longtemps, et un véritable cataclysme va s'abattre sur le Yard !

— Les hommes passent, Scotland Yard demeure. N'est-ce pas l'essentiel ?

Si le grand patron avait eu un sabre de cavalerie, il aurait certainement transpercé Higgins qui ne manifestait aucune émotion.

— À mon sens, Sir, vos craintes sont excessives et infondées.

— Expliquez-vous, Higgins.

— Jameson Rigobert-Farlow est un excellent bobby, et aucune charge ne pourra être retenue contre lui dans l'affaire Julius Fogg.

— Vous voulez dire...

— Qu'il est innocent ? Bien entendu, Sir.

— Mais cette lettre anonyme, ces terribles accusations...

— Une erreur de stratégie.

— Qu'est-ce que ça signifie ?

— Je ne peux pas vous en dire plus pour le

moment. D'ailleurs, c'est le superintendant Marlow qui est chargé de l'enquête, et c'est lui qui vous donnera le nom de l'assassin.
— Et quand ça, je vous prie ?
— Dès que possible, Sir.

Marlow se rongeait les sangs. Quand Higgins réapparut, le superintendant enfourna sa bouteille de whisky écossais dans son tiroir.
— Alors, Higgins ?
— Tout va bien.
— Il est furieux ?
— Il est dans son état normal et ne songe qu'à sa propre réputation et à son poste, comme d'habitude.
— Quelles sont ses consignes ?
— Je ne suis pas allé dans son bureau pour recevoir des ordres. Nous poursuivons l'enquête et nous la mènerons à bien.
— Et Jameson Rigobert-Farlow ?
— Je peux vous affirmer qu'il est tout à fait innocent.

Marlow poussa un énorme soupir de soulagement.
— Je n'ai jamais cru à sa culpabilité, mais tout de même...
— Heureusement pour nous, les assassins en font souvent un peu trop. Avez-vous reçu les derniers rapports techniques ?
— Oui, Higgins. Les empreintes relevées dans la Rolls sont celles de Julius Fogg, et de personne d'autre. Une piste qui tourne court.
— Bien entendu, l'assassin portait des gants, ce qui confirme, s'il en était besoin, que son crime était prémédité. Babkocks a-t-il appelé ?
— L'autopsie de Julius Fogg est terminée. « Une rigolade de débutant », selon ses propres termes. Il n'a

rien découvert d'intéressant. Fogg était en parfaite santé, et les deux balles dans le cœur sont bien l'unique cause de sa mort.

Le téléphone sonna.

— Oui, Marlow... Où ça?... Nous arrivons.

Le superintendant raccrocha et enfila son imperméable froissé.

— Une échauffourée à « La Salamandre et le Dragon », Higgins. Une véritable bagarre de voyous, paraît-il.

Tout avait commencé entre deux journalistes aguerris qui signaient des éditoriaux à scandale. Le premier prétendait que Julius Fogg était un requin de la finance et un tueur-né, l'autre avait les preuves de la culpabilité de la mafia des jeux qui avait décidé de supprimer la famille Fogg en raison de ses énormes dettes. L'un de leurs confrères, qui se contentait de rapporter des potins mondains dont il inventait la majeure partie, avait eu le tort de s'interposer.

Quelques insultes avaient fusé, un premier coup de poing était parti, puis un deuxième, et le conflit s'était généralisé à l'ensemble des journalistes présents, bientôt assistés de quelques clients légèrement éméchés.

Les bobbies avaient dû s'employer à rétablir l'ordre, et la salle où se réunissaient les journalistes avait été sérieusement endommagée.

Consterné, le patron du pub, Anthony White, buvait une bière pour se réconforter.

— Les journalistes perdent la tête, dit-il à Marlow et à Higgins. Ils veulent absolument un coupable !

— Ils vont l'avoir, répondit l'ex-inspecteur-chef.

CHAPITRE XLIII

— Encore vous, superintendant ! s'exclama Somerset Fogg, visiblement contrarié. J'ai du travail, moi... Je ne peux passer ma vie à répondre à vos questions.

— Il ne s'agit plus d'un interrogatoire, monsieur Fogg, mais d'une convocation.

Le jeune homme maigre aux longs cheveux roux fronça les sourcils.

— D'une convocation... Vous m'arrêtez ?

— Soyez ce soir, à vingt heures précises, à l'hôtel particulier de vos parents.

— Vous plaisantez ! Pas question. On m'a fichu à la porte, je ne rentre pas par la fenêtre !

— Soyez à l'heure, monsieur Fogg.

— Qui a décidé de ça... Mon père ou ma mère ? Et pourquoi vous ne me donnez pas de nouvelles de mon père ?

Marlow respecta les consignes de Higgins.

— Vous saurez tout ce soir.

— Comment vous sentez-vous, mademoiselle ? demanda Higgins à Veronica Guilmore dont le teint était très pâle.

— Pour être franche, pas très bien... Je prends les

remèdes qui m'ont été conseillés, mais ils me donnent des migraines et des vertiges.

— Je connais une certaine Mary pour laquelle les herbes médicinales n'ont aucun secret. Si vous le souhaitez, elle pourrait peut-être vous aider à recouvrer votre vitalité.

— Volontiers, inspecteur... Je ne me reconnais pas moi-même. D'ordinaire, j'ai mille et une activités et là, je suis désemparée, incapable d'entreprendre quoi que ce soit...

— Rassurez-vous, mademoiselle. Vous êtes jeune, le temps jouera en votre faveur.

— Avez-vous des nouvelles de Julius Fogg?

— Oui, mademoiselle. Mais je ne peux vous les communiquer que dans un cadre un peu... officiel.

— Où et quand?

— Ce soir, à vingt heures, dans l'hôtel particulier des Fogg.

— Mais... je ne connais pas l'adresse!

— Je vais vous la donner.

La vague était haute de dix mètres.

Le bateau craquait de partout, la grand-voile était déchirée, le mât n'allait pas tarder à se briser. Pourtant les hommes restaient à leur poste, et le capitaine continuait à donner des ordres, comme si de rien n'était.

Et puis une main se posa sur son épaule, une main incongrue qui réveilla brutalement Adam Binners et l'arracha à son rêve.

— Qu'est-ce que c'est?

— Ce n'est que moi, monsieur. Le superintendant Marlow désire vous voir.

— Ah non, j'en ai assez! Dites-lui de s'en aller.

La silhouette compacte de Scott Marlow apparut dans le champ de vision d'Adam Binners.

— Non seulement je ne m'en irai pas, mais encore c'est vous qui allez vous rendre à Londres, ce soir, à vingt heures.

Le faux marin s'extirpa de son hamac.

— C'est de la persécution policière !

— On ne persécute que les innocents, Binners.

— Qu'est-ce que vous racontez... J'ai lu dans le journal que vous aviez arrêté l'assassin, un croupier qui en voulait aux Fogg !

— Il ne faut jamais croire ce que racontent les journaux. Puisque vous n'avez rien à vous reprocher, vous n'avez aucune raison de refuser cette invitation.

— Où... Où dois-je aller ?

— À l'hôtel particulier des Fogg. Vous connaissez l'adresse, je crois ?

— Non, je refuse ! Je n'ai rien à faire là-bas !

— J'ai dû me tromper de terme, Binners. Ce n'est pas une invitation, mais une convocation impérative. Et même si la mer est mauvaise, ne soyez pas en retard.

— Inspecteur Higgins ! s'étonna Gilbert Kailey en ajustant son monocle. Je ne crois pas vous avoir invité.

— J'aimerais vous convier à une sorte de réception.

— C'est extrêmement aimable, mais je suis assez pris en ce moment et je ne pense pas pouvoir vous donner une réponse favorable.

— Vous m'obligeriez en revenant sur votre position, monsieur Kailey.

— Ah... Vous pouvez me donner des précisions ?

— J'aimerais que vous soyez des nôtres, ce soir, à vingt heures, à l'hôtel particulier des Fogg.

— Je suppose qu'il ne s'agit pas d'une simple invitation.

— Vous êtes remarquablement perspicace, monsieur Kailey.
— Auriez-vous découvert la vérité sur l'affaire Julius Fogg, inspecteur ?
— Ce n'est pas impossible.
— Ma présence est-elle vraiment indispensable ?
— Je le crains, monsieur Kailey.

Le médecin traitant de Leonora Fogg se dressa sur le chemin du superintendant Marlow.
— Qu'est-ce que vous venez faire ici ?
— Je n'ai pas le sentiment que vous soyez concerné, docteur.
— Mme Fogg a subi une dépression et elle a été victime de deux agressions... Elle doit absolument se reposer ! Vos visites sont nuisibles à sa santé, et je vous interdis de...
— Il paraît que le port des menottes provoque une sensation particulièrement désagréable... Vous voulez essayer, docteur ?

Le praticien haussa les épaules et s'écarta.

La tête toujours bandée, Leonora Fogg était assise dans son lit.
— Comment vous portez-vous, madame ?
— Un peu mieux, superintendant. Avez-vous des nouvelles de mon mari ?
— J'attends des précisions. Vous sentez-vous assez énergique pour participer à une reconstitution, ce soir, à votre domicile ?
— Une reconstitution... Vous voulez dire... l'agression dont j'ai été victime ?
— Exactement, madame Fogg. Soyez sans inquiétude : aucune brutalité ne sera commise contre vous. Il

s'agit pour nous d'un simple processus technique qui pourrait nous être fort utile si vous acceptez de nous aider.

— Bon... Comme vous voudrez.

CHAPITRE XLIV

Assis dans l'obscurité, Higgins prenait la mesure des lieux.

C'était ici que Margaret Chiswick, la *housekeeper* des Fogg, avait été assassinée. Travaillant à la manière d'un vieil alchimiste, l'ex-inspecteur-chef avait laissé les éléments de l'enquête s'accumuler sans faire un tri trop précoce qui l'eût empêché de discerner la vérité.

Et c'était en relisant ses notes que Higgins avait vu la vérité jaillir. Oui, les morceaux du puzzle s'emboîtaient parfaitement pour donner le visage de l'assassin.

La porte de l'hôtel particulier venait de s'ouvrir.

On traversa le hall et on monta l'escalier.

Il ne restait, en fin de compte, qu'une seule question : l'assassin avait-il compris que Higgins l'avait identifié ? Si c'était le cas, il avait intérêt à précéder l'heure du rendez-vous pour tenter de supprimer l'homme qui allait l'envoyer en prison.

Les pas se rapprochèrent.

Né sous le signe du chat, selon l'astrologie orientale, Higgins voyait dans le noir. Et il identifia celui qui cherchait désespérément un interrupteur.

— Vous êtes ici, Higgins ? demanda Scott Marlow.

L'ex-inspecteur-chef alluma.

— Je méditais avant l'assaut final. Avez-vous réussi à contacter nos éventuels participants à la reconstitution ?

— Ils m'ont promis de venir.

— Moi de même.

— Bien entendu, précisa Marlow, j'ai fait placer tous les domiciles sous surveillance. Si l'un des suspects tente de s'enfuir, il sera amené ici manu militari et devra s'expliquer sur son attitude.

— Avez-vous noté des réactions intéressantes ?

Higgins et Marlow échangèrent leurs impressions respectives.

— Croyez-vous que nous tenons l'assassin ?

— Aucun doute, superintendant. Mais il faudra jouer la partie avec doigté pour ne laisser aucune chance à l'adversaire.

Une ambulance s'immobilisa devant l'hôtel particulier à 19 h 45. Un infirmier aida Leonora Fogg à monter à l'étage où l'accueillirent Higgins et Marlow.

Sur le seuil de la pièce où trônait le magnifique meuble en bois de citronnier, la maîtresse de maison hésita.

— Ce n'est pas la pièce la plus sympathique de la maison, ni la plus confortable... Nous pourrions nous installer ailleurs.

— Les exigences de l'enquête ne nous laissent pas le choix, déplora Higgins. Voici un fauteuil que nous nous sommes permis de déplacer, le superintendant et moi, de même que quelques chaises pour nos autres invités. Vous y serez bien installée.

En dépit de son pansement, Leonora Fogg était très élégante dans son tailleur beige à la coupe parfaite.

À peine s'était-elle assise qu'apparut son fils Somerset qui, lui, n'avait fait aucun effort vestimentaire. Blouson de cuir limé, chemisette noire et pantalon rouge ne lui donnaient pas l'allure d'un riche héritier.

— Maman... Tu vas bien ?
— Mieux, mon chéri. Mais je ne me sens pas encore très vaillante.
— C'est curieux de se retrouver ici, tu sais. J'étais presque sûr que je ne reviendrais jamais dans cette maison.
— Tu dramatises toujours tout, Somerset !
— C'est quand même toi qui m'as fichu à la porte de chez nous, maman !
— Ne recommence pas, chéri... J'ai trop mal à la tête pour supporter tes récriminations.
— Asseyez-vous sur cette chaise, mon garçon, recommanda Marlow et tenez-vous tranquille.

Impressionné par la fermeté de ton, Somerset Fogg obéit et s'assit à gauche de sa mère, entre elle et le meuble en citronnier.

Les échos d'une voix furieuse montèrent du hall.
— Je vais voir, dit Marlow.

Adam Binners invectivait les bobbies qui lui demandaient de patienter.
— Calmez-vous, Binners, ordonna le superintendant, et soyez poli !

La hargne du faux marin tomba aussitôt.
— C'est eux qui...
— Taisez-vous et suivez-moi.

Penaud, Adam Binners, toujours coiffé de son bonnet de docker, salua Leonora Fogg et son fils d'un signe de tête et s'assit sur la chaise que lui désignait Marlow, en face de la propriétaire des lieux.

Montant l'escalier d'un pas léger, Gilbert Kailey s'immobilisa quelques instants sur le palier puis, apercevant le superintendant, il se dirigea vers lui.

— Je ne crois pas être en retard, dit-il en ajustant son monocle.

Kailey pénétra avec circonspection dans la pièce où régnait une atmosphère pesante.

— Bonsoir, madame Fogg... Votre demeure est toujours aussi charmante. Je ne connaissais pas cette pièce, mais je m'aperçois que ces messieurs de Scotland Yard ont décidé de nous réunir ici. Et cette chaise me tend les bras, si je ne m'abuse ?

Gilbert Kailey s'assit à la gauche d'Adam Binners, auquel il n'accorda qu'un regard dédaigneux. D'évidence, la mode marine ne suscitait que son mépris.

On monta l'escalier d'un pas décidé.

— Ouf ! J'avais peur d'être en retard... Un coup de feu de dernière minute, et j'ai failli être coincé au pub, expliqua Anthony White, le patron de « La Salamandre et le Dragon ». Bonsoir, messieurs dames... Ce sera long, superintendant ? Quand vous m'avez appelé au téléphone, au début de l'après-midi, pour me demander de venir à cette adresse, je vous ai promis de faire mon possible et me voilà.

— Nous prendrons le temps qu'il faudra, répondit Higgins.

— Bon, bon... Je peux m'asseoir ?

L'ex-inspecteur-chef désigna une chaise vide, à droite du fauteuil de Leonora Fogg.

— Je vous reconnais, madame, malgré votre pansement... Vous n'allez pas trop mal, quand même ?

— Je suis bien soignée, répondit Leonora Fogg avec un pauvre sourire.

— Cet endroit vous change un peu du pub, observa Gilbert Kailey de sa voix de fausset.

— Vous devriez garder vos réflexions pour vous, estima Adam Binners.

— Excellente idée, intervint Scott Marlow. Taisez-vous donc et contentez-vous de répondre aux questions qui vous seront posées.

Veronica Guilmore fut la dernière à apparaître.

Fragile, hésitante, elle pénétra dans la pièce quelques minutes après vingt heures.

— Excusez-moi... Je suis en retard.

Tous les regards convergèrent vers la jeune femme blonde au visage ovale.

— Asseyez-vous, je vous en prie, dit Higgins sur un ton rassurant.

Veronica Guilmore prit place à la droite d'Anthony White, tout près de la porte.

Higgins se dirigea vers le meuble en bois de citronnier et déclencha l'ouverture du panneau qui révélait l'existence du coffre-fort vide creusé dans la masse du bois.

— Nous avons la preuve, révéla-t-il, que Margaret Chiswick a été assassinée dans cette pièce alors qu'elle fouillait ce coffre-fort.

CHAPITRE XLV

Higgins se tourna vers Leonora Fogg.
— Connaissiez-vous l'existence de cette cachette, madame ?
— Non, inspecteur.
— J'ai une triste nouvelle à vous apprendre.
Le climat se tendit davantage.
— Nous avons retrouvé le cadavre de Julius Fogg. J'ai le regret de vous informer qu'il a été assassiné.
Marlow observa les réactions des uns et des autres.
Leonora Fogg ferma les yeux. Anthony White, Adam Binners et Gilbert Kailey parurent plus ou moins consternés. Somerset Fogg se leva en criant : « Papa... Oh non, non ! » et Higgins tenta de le réconforter.
Quant à Veronica Guilmore, elle tourna de l'œil.
L'intervention rapide du superintendant évita une chute. Comme Somerset Fogg se rasseyait en pleurant, Higgins put voler au secours de la jeune femme et la ranimer en massant des points d'énergie sur son visage et sur ses mains.
— Qui est cette fille ? demanda Leonora Fogg.
— Une amie de votre mari.

— Une amie... Et où avez-vous retrouvé le corps de Julius ?

— Dans la région de Lake District. On lui a tiré deux balles dans le cœur.

— Paix à l'âme de ce pauvre Julius, déclara Gilbert Kailey. Il ne méritait pas de finir comme ça.

Veronica Guilmore revint à elle et ne put s'empêcher de verser un torrent de larmes. Somerset Fogg avait cessé de pleurer et restait prostré sur sa chaise.

— Margaret Chiswick et, à présent, Julius Fogg, observa Adam Binners. On dirait que l'affaire se complique.

— Cela dépend pour qui, rétorqua Higgins.

Le faux marin se tassa sur son siège.

— Qui était Julius Fogg ? interrogea l'ex-inspecteur-chef en consultant ses notes. Le recoupement de divers témoignages permet de dessiner un portrait précis : un joueur invétéré, mais heureux, et qui savait profiter de sa chance en toutes circonstances parce qu'il ne s'enivrait pas de sa réussite ; un homme d'affaires très occupé, remuant, passionné par son métier et excellent investisseur ; un personnage estimé, honnête, plutôt naïf et incapable de violence. Vous admettrez sans peine que ce ne sont pas les caractéristiques d'un assassin.

Le terme choqua Veronica Guilmore.

— Mais qui oserait accuser Julius d'être un assassin ?

— Pas son épouse, répondit Higgins. Julius et Leonora Fogg formaient un couple heureux, et jamais Julius Fogg n'avait envisagé de divorcer ou de quitter sa famille. Et, selon les témoignages recueillis, Julius n'a pas émis la moindre critique à l'égard de son épouse.

Leonora Fogg approuva d'un discret hochement de tête.

— De plus, poursuivit Higgins, c'est Mme Fogg qui possède l'essentiel de la fortune du couple que son mari a fait prospérer de manière remarquable. La mort de Julius Fogg, pour elle, est une catastrophe à tous points de vue, et nous ne pouvons que compatir face à la peine immense qu'elle éprouve.

Un silence pesant succéda à cette déclaration. Ce fut Veronica Guilmore qui le rompit.

— Mais vous parliez de cette horrible accusation, à propos de Julius... Et c'est forcément un horrible mensonge !

— Qui est vraiment cette jeune femme ? questionna de nouveau Leonora Fogg, irritée.

— Je vous l'ai déjà dit, répondit Higgins : une amie de votre mari.

— Une amie... Et si vous disiez la vérité, inspecteur ? J'avais totale confiance en Julius, je ne croyais même pas que son regard puisse se poser sur une autre femme... Et voici que le jour où vous m'apprenez la mort de mon mari, vous me présentez sa maîtresse ! N'est-ce pas trop cruel, monsieur Higgins ?

— Si telle était la vérité, ce serait, en effet, une insupportable cruauté. Mais vous vous trompez, madame.

— Il suffit pourtant de regarder cette demoiselle... Elle a de quoi séduire le plus exigeant des hommes !

— Votre mari avait effectivement des exigences, mais uniquement dans le domaine de l'amitié. À son amie Veronica, Julius Fogg ne parlait pas de sa vie réelle ; elle ignorait même l'existence de votre fils. En fait, elle était un rêve charmant que la vie lui offrait, tel un jeu précieux, inestimable, qui lui permettait de se détacher de ses soucis quotidiens. Une vraie amitié, un songe devenu réel, un paradis à la fois proche et lointain, une pureté qu'il se gardait d'altérer d'aucune façon : voilà ce qu'incarnait Veronica Guilmore aux yeux de Julius Fogg.

— Vous êtes un romantique, inspecteur !

— Dans mon métier, madame Fogg, il faut être ouvert à toutes les formes de réalité, y compris celles qui nous paraissent les plus surprenantes. Et Veronica Guilmore est tout à fait sincère : elle éprouvait pour Julius Fogg une amitié si intense que sa disparition l'a rendue malade.

— Elle simule !

— Non, madame Fogg ; Veronica Guilmore est réellement souffrante, et elle n'est coupable d'aucun acte criminel. Pour elle, un beau rêve se brise.

La jeune femme masquait mal son émotion.

— L'amitié peut vaincre la mort, affirma-t-elle. Même disparu, Julius restera présent, tout près de moi. Il n'y aura pas un seul jour où je ne penserai pas à lui. Mais sa mémoire ne doit pas être ternie... Julius était un être droit, et il ne saurait avoir commis aucun crime.

— Vous allez un peu vite en besogne, inspecteur ! estima Gilbert Kailey. Réflexion faite, et sauf tout le respect que je dois à la malheureuse Mme Fogg, ne peut-on imaginer que Julius Fogg et Margaret Chiswick... et que, par conséquent, Fogg...

— Taisez-vous, langue de vipère ! ordonna Leonora Fogg. Salir un mort est ignoble !

— Malheureusement, déplora Higgins, c'est l'une des hypothèses qu'il a bien fallu envisager, au risque de vous heurter. Si votre mari a succombé aux charmes de Margaret Chiswick, et si cette dernière en a profité pour exercer sur lui un chantage, quelle solution lui restait-il, sinon de la supprimer ? Et Julius Fogg aurait même avoué son crime en prenant la fuite.

— Je suis certaine que c'est faux, complètement faux ! protesta Veronica Guilmore.

Higgins consulta de nouveau son carnet noir.

— Qui était Margaret Chiswick ? D'après Leonora Fogg, une parfaite *housekeeper,* compétente, dévouée et n'aimant que son travail. Une personne peu liante, peu causante, voire farouche, d'après M. Kailey. Une personne qui se comportait comme quelqu'un qui ne tient pas à se faire remarquer. Anthony White, qui la connaissait très bien, en a fait un portrait un peu différent.

— Euh... oui, confirma le patron du pub, gêné, mais l'un n'empêche pas l'autre.

— Vous avez prononcé une phrase capitale, monsieur White : « Margaret Chiswick devait tomber sur le bon numéro qui la mettrait à l'abri du besoin jusqu'à la fin de ses jours. » Et ce bon numéro, ce ne pouvait être qu'un homme riche. Qui, sinon Julius Fogg ?

CHAPITRE XLVI

— Non, inspecteur, non ! protesta une fois de plus Veronica Guilmore. Avez-vous des preuves de ce que vous avancez ?

— L'assassin a tenté de nous en procurer un certain nombre, si éclatantes que le doute ne pouvait plus être permis. Par exemple, un billet d'avion maquillé pour Rio de Janeiro et un autre en clair, une mallette remplie de billets usagés et même... l'arme du crime.

— Vous l'avez retrouvée ? s'étonna Gilbert Kailey.

— Dans la Rolls de Julius Fogg.

— Alors, l'affaire est réglée !

— Et qui est l'assassin de Julius Fogg, d'après vous ?

Le monocle de Kailey tomba sur le parquet et se brisa.

— Ça devait arriver un jour ou l'autre, marmonna-t-il, furieux. Je n'aurais pas dû venir ici.

— Vous-même, monsieur Kailey, avez prononcé les termes de « machination infernale », avec votre lucidité habituelle. Et c'est bien de cela qu'il s'agit, en effet. Le naïf Julius Fogg est tombé dans un piège patiemment et savamment organisé, auquel il n'avait aucune chance d'échapper.

— Et si ce n'est pas ce Fogg-là qui a succombé aux charmes de Margaret Chiswick, avança Adam Binners, c'en est peut-être un autre.

— Vous voulez sans doute faire allusion à Somerset Fogg ?

Higgins se plaça en face du jeune homme, toujours prostré.

— N'accablez pas mon fils, exigea Leonora Fogg. Ne croyez-vous pas qu'il a déjà assez souffert comme ça ?

— Il aimait et admirait son père, dit Higgins, et je sais qu'il subit une épreuve effroyable dont il sortira profondément marqué, car Somerset n'est ni un menteur ni un simulateur. C'est bien vous, madame, qui l'avez chassé de cet hôtel particulier et installé dans un nouveau domicile, parce que vous redoutiez une liaison de votre fils avec Margaret Chiswick.

— J'ai agi comme toute mère aurait agi, dans l'intérêt de son fils. Somerset n'avait pas à se commettre avec cette domestique, au risque de gâcher un temps précieux et de gaspiller ses sentiments.

— Mais vous n'avez pas chassé Margaret Chiswick...

— Elle n'était pas coupable et j'ai le sens de la justice.

Higgins tourna une page de son carnet noir, fit quelques pas et s'arrêta devant Gilbert Kailey.

— Vous connaissiez bien la famille Fogg, monsieur Kailey, et vous êtes doté d'un remarquable sens de l'observation, sans parler de votre ouïe, apte à recueillir les bruits les plus divers.

— À mes yeux, ce ne sont pas des défauts.

— C'est pourquoi il me reste une seule question à vous poser : avez-vous identifié l'assassin de Margaret Chiswick et de Julius Fogg ?

— À ma grande honte, non ! Cela fait pourtant un bon moment que je me penche sur le problème... Et j'aurais bien aimé vous damer le pion pour vous prouver que la police est inefficace ! Mais je ne dispose pas de tous les indices, moi, et le combat est inégal.

— Bien entendu, vous n'avez pris aucune part active à ces deux crimes ?

La voix de furet de Gilbert Kailey grimpa dans l'aigu.

— Ce genre d'humour est particulièrement déplaisant, inspecteur !

Higgins s'éloigna de l'homme au monocle brisé et s'adressa à Adam Binners qui venait d'enfoncer son bonnet de docker jusqu'aux oreilles.

— Vous êtes une personnalité curieuse, monsieur Binners : amoureux de la mer sur laquelle vous n'avez jamais navigué, tout à fait mythomane et un peu menteur, mais aussi le dernier à avoir vu Julius Fogg vivant... et celui qui l'a envoyé à Lake District, donc vers sa mort.

Le barbu se tortilla sur sa chaise.

— On ne peut pas résumer les choses comme ça... C'est trop facile !

— Que proposez-vous ?

— J'ai été pris dans un enchaînement de circonstances indépendantes de ma volonté, voilà tout !

— Pourquoi avoir affirmé que vous n'étiez jamais venu dans cet hôtel particulier et que vous ne connaissiez pas Margaret Chiswick ?

— Je... je ne voulais pas avoir d'ennuis. Avec tous ces drames, on ne sait pas ce que peut supposer la police.

— « Tous ces drames... » Vous saviez donc que Julius Fogg avait été assassiné.

— Mais non, inspecteur ! Ce n'est qu'une façon de parler.

Comme le faux marin s'échauffait, Scott Marlow se plaça devant la porte. Si Binners tentait de s'enfuir, il lui barrerait le passage.

— Non seulement vous avez présenté Margaret Chiswick aux Fogg, poursuivit Higgins, mais encore vous êtes-vous querellé avec elle, elle qui a été assassinée. Et vous avez tenté de nous orienter sur de fausses pistes pour nous faire croire à la culpabilité de votre grand ami Julius Fogg.

— Il était mon ami, je le jure !

— Mais vous l'avez envoyé dans un piège mortel !

— Je l'ignorais, inspecteur... J'ai été manipulé, comme lui !

Adam Binners baissa la tête.

— Je sais que je me comporte comme un vieux bonhomme ridicule, monsieur Higgins, et que je n'aurais pas dû mentir comme je l'ai fait, en mélangeant le rêve et la réalité. Évidemment, si on analyse les faits d'un certain point de vue, on pourrait supposer que je suis au cœur de cette tempête et que c'est même moi qui l'ai déclenchée... Mais ce serait une totale erreur de perspective ! Je n'ai joué aucun rôle dans cette affaire, soyez en sûr !

Higgins eut un léger sourire.

— Sur ce dernier point, vous vous trompez.

— Vous... vous m'accusez ?

— Non, monsieur Binners ; je sais que vous êtes innocent. Vous pourrez repartir en mer, au gré de vos rêves.

Higgins consulta une dernière fois ses notes et se concentra comme un athlète s'apprêtant à tenter un record. L'ex-inspecteur-chef avait espéré que les nerfs de l'assassin lâcheraient et qu'il avouerait son crime.

Mais sans doute espérait-il encore sortir libre de cette pièce.

CHAPITRE XLVII

Higgins s'adressa à Anthony White qui commençait à s'impatienter.

— Vous êtes un homme très habile.

— Oh non, inspecteur ! Seulement un bon commerçant qui tente de maintenir son pub dans le peloton de tête. Et ça réclame des efforts, vous pouvez me croire !

— Je parlais de votre habileté à vous dédouaner.

— Me dédouaner... Vous voulez parler du fisc ? Je tente de repérer toutes les failles légales, comme tout le monde, mais je vous assure que je me tiens tranquille ! Et vous savez pourquoi...

— Vous n'avez pas nié votre passé douteux et vous n'avez pas hésité à nous donner tous les détails, monsieur White, pour nous démontrer que vous n'étiez pas un citoyen au-dessus de tout soupçon, mais finalement un brave homme qui, comme beaucoup de gens, a fait quelques bêtises et a su se repentir pour devenir un honnête commerçant.

Anthony White esquissa un sourire crispé.

— C'est exactement ça, inspecteur.

— Et pour nous prouver votre sincérité de manière encore plus éclatante, vous avez avoué votre liaison plus ou moins chaotique avec Margaret Chiswick.

— Normal : Je n'ai rien à cacher à la police.
— En réalité, vous avez préféré prendre les devants, car vous pensiez que Gilbert Kailey, qui avait vu votre maîtresse au pub et était informé de votre liaison, nous en parlerait tôt ou tard, et vous mettrait donc dans une position délicate. Certes, vous auriez de beaucoup préféré qu'aucun lien entre Margaret Chiswick et vous ne pût être établi ; mais il vous fallait bien affronter la réalité et vous avez donc décidé de la maquiller pour la rendre présentable. Aussi avez-vous rendu très romanesque l'histoire de votre rencontre avec Margaret Chiswick, avec une intention précise : nous faire oublier le fait essentiel, votre complicité avec la *housekeeper* des Fogg.
— Le mot est excessif, protesta le patron du pub. Ce n'était qu'une amourette, rien de plus.
— Non, monsieur White : une association de malfaiteurs.
— Vous y allez fort !
— Margaret Chiswick ne voulait surtout pas se faire remarquer parce qu'elle avait une mission à accomplir chez les Fogg : les dévaliser. La chance lui ayant donné la possibilité de se faire engager comme *housekeeper,* elle a joué le jeu et s'est comportée comme une domestique modèle pour attirer les bonnes grâces de ses patrons. Lorsque Somerset Fogg s'est amouraché d'elle, Margaret Chiswick l'a vigoureusement repoussé, car le jeune homme venait perturber le bon déroulement de son plan. Et nous arrivons à l'attitude bizarre de Mme Fogg : pourquoi n'a-t-elle pas congédié cette domestique si aguicheuse ?
— Je vous ai déjà répondu, rappela Leonora Fogg.
— Mais votre réponse n'est guère convaincante. Une femme de caractère, comme vous l'êtes, n'aurait

pas dû supporter une telle situation. Si vous n'avez pas congédié Margaret Chiswick, c'est parce que vous vous êtes soumise à une volonté plus forte que la vôtre.

— Vous... vous vous égarez, inspecteur !

— Observateur lucide, Gilbert Kailey vous considère comme une femme passionnée, incapable de supporter l'ennui... Lorsqu'un « homme à femmes » est apparu, la tentation est vite devenue très forte. Votre fils Somerset, qui ne vous aime guère, madame Fogg, est pourtant resté discret à votre sujet, mais il n'a pu s'empêcher de dire qu'il n'appréciait pas votre façon de vivre et que vous ne méritiez pas que votre mari fasse fructifier votre fortune. Pourquoi ce jugement sévère, sinon parce que vous vous étiez éloignée de Julius Fogg pour vous rapprocher d'un autre homme, un séducteur à sa façon, incapable de se passer d'une femme ?

Leonora Fogg haussa les épaules.

— Vous n'aimiez plus votre mari, madame Fogg, car il ne vous amusait plus. N'avait-il pas rempli sa fonction en vous enrichissant ? Il vous fallait une autre aventure, très différente. Une aventure qui vous offrait un individu tout à fait exotique à vos yeux : Anthony White.

— Ça ne tient pas debout, inspecteur ! protesta le patron de « La Salamandre et le Dragon ». Mme Fogg n'est jamais venue au pub !

— Vous oubliez qu'elle y est tombée dans vos bras !

— Mais c'était... le hasard !

— Je prouverai le contraire. Quand Leonora Fogg est devenue votre maîtresse, monsieur White, vos plans ont été bouleversés, d'autant plus qu'elle a pris la décision de se débarrasser d'un mari inutile et encombrant pour vous faire jouir de sa fortune.

— Je ne vous permets pas, inspecteur ! s'exclama Leonora Fogg.

— L'irruption de Leonora Fogg dans votre existence, poursuivit Higgins, a profondément déplu à Margaret Chiswick qui s'est vue supplantée et, bientôt, exclue. Aussi n'a-t-elle pas hésité à vous menacer : si vous rompiez avec elle, elle vous dénoncerait. Alors, vous avez choisi : votre nouvelle complice serait Leonora Fogg. Ensemble, vous avez conçu un nouveau plan pour vous débarrasser à la fois de Margaret Chiswick et de Julius Fogg. Et ce plan a enthousiasmé votre alliée.

La lèvre inférieure d'Anthony White fut agitée par un tic.

— Vous insultez Mme Fogg !
— Et pas vous ?
— Moi, j'ai assez de sang-froid pour mépriser vos insinuations... Mais cette malheureuse femme, choquée, épuisée...

— Il y a un point de détail que je n'ai pas complètement éclairci, avoua Higgins. Quand Margaret Chiswick a tenté de voler le contenu du coffre caché dans le meuble en bois de citronnier, a-t-elle agi de sa propre initiative pour se venger, ou bien sur vos indications, sans se douter que Leonora Fogg la guettait pour la tuer ? La seconde solution paraît plus logique. Quoi qu'il en soit, le résultat escompté fut obtenu : munie de renseignements alléchants, Margaret Chiswick comptait bien s'emparer d'une fortune, à savoir des documents financiers tout à fait confidentiels et une forte somme en billets usagés, bref le magot occulte qu'avait amassé Julius Fogg et dont

Gilbert Kailey avait entendu parler. Et vous, madame, vous en connaissiez à la fois l'existence et l'emplacement, car votre mari avait confiance en vous et ne vous cachait rien. Et vous aviez donné cette précieuse information à White. Julius Fogg n'occupait plus la moindre place dans votre cœur, et vous ne supportiez pas la présence d'une rivale, fût-elle une domestique. Lui comme elle encombraient votre chemin. Mais White et vous avez commis un certain nombre d'erreurs.

— J'aimerais bien savoir lesquelles, dit le patron du pub, irrité et agressif.

CHAPITRE XLVIII

Scott Marlow retint son souffle pendant quelques instants. Higgins disposait-il vraiment des arguments nécessaires pour confondre les deux criminels ?

— Première petite erreur, reprit l'ex-inspecteur-chef en s'adressant à Anthony White, votre phrase à propos de Margaret Chiswick, déjà citée : « Elle devait tomber sur le bon numéro qui la mettrait à l'abri du besoin jusqu'à la fin de ses jours. » Et vous espériez ainsi m'orienter vers Julius Fogg, assassin de sa *housekeeper*. En croyant m'égarer, vous m'avez fait douter de ma propre théorie sur la culpabilité de Fogg.

— Vous n'avez que ça, inspecteur ? C'est un peu court !

— Deuxième petite erreur, celle commise par Leonora Fogg après qu'elle a tué Margaret Chiswick. Certes, elle a parfaitement joué la comédie. Son témoignage était plus ou moins incohérent, conformément à ce que l'on pouvait attendre d'une femme venant d'échapper à une mort atroce. Elle a trébuché sur les mots, a hésité sur les actes qu'elle avait ou non commis, a vu son agresseur sans le voir, sans pouvoir préciser s'il s'agissait d'un homme ou d'une femme.

Elle faisait semblant de nous offrir un témoignage essentiel qui, en réalité, ne nous menait nulle part.

Higgins fixa Leonora Fogg.

— Vous n'auriez pas dû laisser ouverte la porte de votre hôtel particulier, madame Fogg. Après avoir tué Margaret Chiswick dans cette pièce et après avoir disposé son cadavre au bas des marches de l'escalier, vous avez pris soin de laisser libre accès à votre demeure pour que le premier arrivant, qui ne manquerait pas de venir rapidement du pub « La Salamandre et le Dragon », n'ait aucune difficulté à entrer et à découvrir le cadavre. Un détail de mise en scène un peu outré qui rendait suspect votre récit.

Anthony White ne tenait plus en place.

— Vous êtes trop subtil, inspecteur, jugea le patron du pub. Et ce n'est pas une preuve, loin de là !

— Troisième petite erreur, continua Higgins : la manière dont votre rencontre s'est effectuée, au pub.

— J'étais affolée, affirma Leonora Fogg, vous devriez le comprendre ! Et je me suis précipitée dans le premier endroit venu.

— Bien sûr que non, madame, puisque votre mise en scène se poursuivait. De nombreuses personnes — les clients du pub — devaient être témoins de votre panique. Parmi eux, l'une de vos relations, Gilbert Kailey, un familier des lieux. D'après les témoignages d'un bobby qui se trouvait là, en civil, et de deux footballeurs, vous avez traversé le pub en courant, comme une véritable furie. Qui vous a stoppée ? Anthony White, décrit à juste titre comme un homme « plutôt gringalet et malingre ». Sous l'impact, il aurait dû être renversé. En fait, vous n'avez pas résisté à l'envie de tomber dans ses bras, en public, ravie de narguer un public de badauds incapables de comprendre ce qui se passait réellement. Et vous avez freiné votre course pour ne pas renverser votre amant.

— Aucun film ne pourra prouver vos dires, objecta Anthony White.

Scott Marlow avait la gorge sèche. Même si Higgins avait raison, ni Leonora Fogg ni Anthony White ne cédaient un seul pouce de terrain. Mais l'ex-inspecteur-chef ne se départissait pas de son calme.

— Passons maintenant aux erreurs majeures, reprit Higgins. Comme vous redoutiez que notre enquête n'aboutisse pas aux résultats souhaités, madame Fogg, il vous a semblé indispensable d'ajouter une scène à votre tragi-comédie, avec ou sans l'accord de votre complice, je ne sais. Puisqu'il vous fallait confirmer l'existence d'un insaisissable assassin, vous avez simulé une seconde agression contre vous, à la clinique.

— Comment, simulé? J'ai été blessée à la tête !

— Que vous n'ayez pas crié pour appeler au secours est déjà insolite; mais que la matraque dont se serait servi votre soi-disant agresseur soit demeurée introuvable rendait votre version des faits invraisemblable. Pour s'enfuir en utilisant la gouttière, il avait besoin de ses deux mains, et il aurait dû jeter sa matraque soit dans votre chambre, soit dans la cour. De plus, un témoin digne de foi n'a vu personne s'enfuir en courant dans la rue, tout simplement parce que personne ne vous a agressée. C'est vous qui avez tiré le verrou de la porte de votre chambre, pour retarder l'intervention du policier chargé de vous protéger, et vous vous êtes infligée à vous-même une blessure.

— Ce n'est que votre interprétation, jugea Anthony White, les poings serrés.

Higgins dévisagea sans indulgence le patron du pub.

— C'est vous, White, qui avez attiré Julius Fogg à Lake District, à l'endroit où vous aviez décidé de l'abattre, grâce à deux coups de téléphone, l'un à Adam Binners, l'autre à Flanagan. Vous saviez que Julius Fogg ne résisterait pas à l'attrait d'une partie de poker hors du commun. Et vous avez déposé dans sa Rolls des indices accablants contre lui, comme le billet d'avion, l'argent et surtout le chandelier qu'avait utilisé Leonora Fogg pour tuer Margaret Chiswick. Sur ses conseils, et pour rendre encore plus crédible la théorie de la fuite de Julius Fogg, vous avez ajouté un détail très personnel : les superbes raquettes de tennis qu'aimait tant votre victime. Erreur fatale, prouvant que tout cela n'était qu'un montage.

— C'est vous qui vous trompez, inspecteur, intervint Leonora Fogg. Jamais mon mari ne serait parti pour l'étranger sans ses raquettes.

— Vous ignoriez, madame, que votre mari avait fait une confidence à son ami Adam Binners. En raison de douleurs aux vertèbres cervicales causées par la pratique du tennis, il venait de décider qu'il ne toucherait plus à ses raquettes, bien qu'elles lui eussent coûté une fortune. Et cette décision, vous ne la connaissiez pas.

Leonora Fogg et Anthony White échangèrent un regard furtif qui n'échappa pas à Scott Marlow. À cet instant, le superintendant eut la certitude que Higgins ne se trompait pas.

— Et puis il y eut une grossière erreur, ajouta Higgins. C'est vous qui l'avez commise, White, en croyant utiliser à votre profit les circonstances et en espérant créer une nouvelle fausse piste : la lettre anonyme dénonçant l'agent du Yard, Jameson Rigobert-Farlow. Vous saviez qu'à cette heure-là, vous trouveriez au pub Gilbert Kailey. Mais ni vous ni Mme Fogg ne vous attendiez à ce qu'un policier en civil y fût présent. Quelle aubaine ! Après avoir été le premier à découvrir le cadavre de Margaret Chiswick, avec une conscience toute professionnelle, ne ferait-il pas un parfait coupable ? Encore fallait-il, pour songer à l'accuser, se trouver à « La Salamandre et le Dragon », et être concerné par les deux crimes. Qui d'autre que vous, White, et votre complice, Leonora Fogg, qui simulait un évanouissement ?

Anthony White contenait mal un accès de rage.

— Toutes ces démonstrations resteront lettre morte, inspecteur, car vous ne possédez aucune preuve réelle d'une quelconque collusion entre Leonora Fogg et moi-même. Je dis bien : aucune.

— C'est votre dernière erreur, White.

— Vous bluffez !

— Le contenu des poubelles est souvent instructif, déclara Higgins. Celle que j'ai fouillée, le jour du meurtre, dans la cuisine de l'hôtel particulier des Fogg, fut particulièrement bavarde. Et comme Leonora Fogg a assassiné sa *housekeeper,* cette dernière n'a pas eu le temps de la vider. Boissons et nourritures étaient de grande qualité et coûtaient fort cher, à l'exception d'un seul produit : les débris d'une bouteille d'Alton Bitter, une bière plutôt ordinaire que ne consommaient pas les Fogg et que vous servez dans votre pub. Voilà la preuve que vous vous trouviez, le jour même de l'assassinat, dans la demeure des Fogg, en compagnie de votre maîtresse et que vous avez festoyé avec elle. Malgré ce cadre somptueux, vous n'avez pas résisté à l'envie d'apporter votre boisson favorite, en laissant de magnifiques empreintes sur cette bouteille. Et c'est votre ancienne complice et votre première victime, Margaret Chiswick, qui vous a ainsi dénoncé à titre posthume, parce que vous ne lui avez pas laissé la possibilité de terminer son travail quotidien.

Anthony White se leva et se tourna vers Leonora Fogg.

— Je savais que tu me conduirais en enfer... Jamais je n'aurais dû t'écouter... Tu es pire que Margaret, pire que toutes les autres !

Le patron du pub se précipita sur Leonora Fogg et l'étrangla.

ÉPILOGUE

— Comment allez-vous ? demanda Higgins à Somerset Fogg, confortablement installé dans un fauteuil, une couverture sur les genoux.

— Aussi bien que possible... Si elle n'avait pas été là, je crois que je me serais suicidé.

Le jeune homme regarda avec tendresse Veronica Guilmore qui lui préparait une tisane.

— Elle n'a pas voulu me laisser seul une seconde, expliqua-t-il, et elle me répète sans cesse que ma vie n'est pas finie.

— Elle a raison, approuva Higgins. Il serait vain de nier l'horrible drame que vous venez de traverser, mais il vous faut à présent construire votre propre existence.

La jolie blonde s'approcha de Somerset Fogg et lui prit doucement la main.

— Nous réussirons, promit-elle. Nous réussirons pour que Julius soit heureux, là où il est.

— Tout va bien ? demanda Marlow à Higgins quand ce dernier s'assit dans la Bentley.

— Je crois que oui.

— Voici les dernières nouvelles, Higgins : Leonora

Fogg et Anthony White ont reconnu les faits. White tente de charger au maximum sa complice qui le traite par le mépris. Elle s'est vraiment évanouie, quand il a tenté de l'étrangler, et même son avocat a le sentiment qu'elle a plus ou moins perdu la raison. Je vous reconduis à The Slaughterers ?

— J'ai prévenu Mary : un déjeuner convenable vous attend.

— À propos, Higgins... vous auriez pu me dire qu'il y avait les empreintes de White sur les débris de cette bouteille de bière.

— Je n'ai pas l'habitude de vous mentir, mon cher Marlow.

— Comment, me mentir...

— Il valait mieux ne pas vérifier, de peur d'être déçu. L'important était que lui en soit persuadé. Et il y a plus important encore, superintendant : Aucun crime ne demeure impuni.

Lorsque la vieille Bentley démarra en souplesse, Marlow forma le vœu que Scotland Yard ne manquât jamais d'hommes comme Higgins.